1天1日語慣用句

張蓉蓓　總策劃

適用對象 想在日文中找樂子的人

書泉出版社 印行

目錄

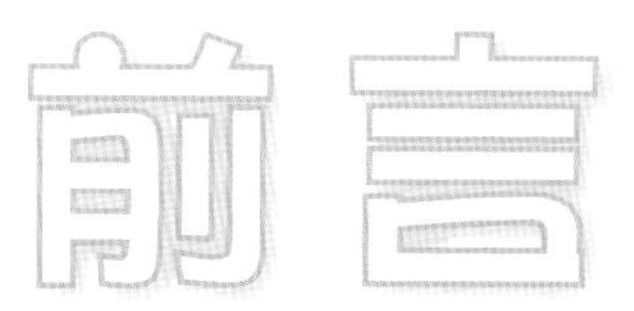

前言

這本書作成的起緣是在一百零一年的夏天，筆者的大學同學，也就是五南出版社的日文編輯朱曉蘋小姐，知道筆者即將在輔大日研所開〔翻譯專題研究〕的科目，倆人在閒聊之際，興起了不妨請研究生們在上課之餘，也參與翻譯出版實務的計畫，當時共有十一名學生修這堂課，包括一名日籍學生，還有一名清大中文講師的旁聽生，可謂人才濟濟，詢問過學生意見之後，便開始著手此書的編譯方案。

首先由出版社方面選定三百六十餘個詞條，選定編寫內容，包括詞句的翻譯，解釋，及參考例句等。在編譯過程中碰到的難題，不外乎日文慣用句的意思無對應的中文譯句，及參考例句不易尋找等問題，但是最後都在全力以赴的合作之下完成，很感謝學生們的配合與努力，相信看到本書出版之後，學生們更能感受到辛苦付出的代價是歡喜的。

謝謝這群可愛又優秀的學生，雖然到了下學期，大部份的學生都不修筆者的課了（可能都被作業嚇跑了吧！）但是只有一學期的相處，留下這本書，不僅對社會有些許的貢獻，並且也爲學涯增添一個註腳，見證當年我們一起學習的時光，是如此無可取代的回憶。如果編譯有所欠妥，尚請各界多多包涵，筆者當盡督促之責，教導下一輩的青青學子更在學業上用心與勤奮，以期在日文界對國家社會助以一臂之力。

編輯名單：陳俐安，鍾佩雯，呂岡錞，吳侑庭，鄭永順，張舒雲，林哲揚，李尚軒，市野信幸，何雅文，鄭泓哲，（以上均爲輔仁大學日文研究所學生）謝嘉文（旁聽生，清華大學中文系講師）。

張蓉蓓　於輔大 2012/4/22

01月

- 01月01日
- 01月02日
- 01月03日
- 01月04日
- 01月05日
- 01月06日
- 01月07日
- 01月08日
- 01月09日
- 01月10日
- 01月11日
- 01月12日
- 01月13日
- 01月14日
- 01月15日
- 01月16日
- 01月17日
- 01月18日
- 01月19日
- 01月20日
- 01月21日
- 01月22日
- 01月23日
- 01月24日
- 01月25日
- 01月26日
- 01月27日
- 01月28日
- 01月29日
- 01月30日
- 01月31日

足元から鳥が立つ（あしもとからとりがたつ）／突發意外。突發事件。

1. 「彼女の死の知らせは足元から鳥が立つで、すぐには信じられなかった。」／她的死訊來得太過突然，令人一時之間無法相信。
2. 「足元から鳥が立つように帰って行った。」／他突然想起什麼急事，急急忙忙地跑回去了。

小提醒

用於形容身邊突然發生的意外（多半是負面的），或是突然想到什麼事情而急著去做的樣子。

01月02日

足元に火がつく（あしもとにひがつく）／火燒眉毛。情況危急。

1. 「店は経営不振で足元に火がつく。」／店面因為經營不善，情況已經相當危急了。
2. 「商売は足元に火がついた。」／買賣已經快要做不下去了。

小提醒

比喻危急的情況即將來臨、大難臨頭而已經快要來不及挽救的樣子。多用於形容商業買賣時，經營狀況不善、情況危急等。類似中文成語「大難臨頭」「火燒眉毛」的意思。

01月03日

足元（あしもと）にも及（およ）ばない／望塵莫及。

1. 「語学力（ごがくりょく）では足元（あしもと）にも及（およ）ばない。」／關於語學能力我實在望塵莫及。
2. 「私（わたし）の野球（やきゅう）の技術（ぎじゅつ）は彼（かれ）の足元（あしもと）にも及（およ）ばない。」／我的棒球球技實在遠不及他厲害。

比喻對方的太過優秀、完全無法相比。通常多用於比喻技術、能力上的差異等等。相當於中文成語中的「望塵莫及」。

足元（あしもと）の明（あか）るいうち／趁天色尚早。趁事態未惡化前。

1. 「足元（あしもと）の明（あか）るいうちに早（はや）く家（いえ）に帰（かえ）りなさい。」／趁天色還早趕快回家去吧。
2. 「足元（あしもと）の明（あか）るいうちに手（て）を引（ひ）きなさい。」／趁事情還沒惡化前趕快收手吧。

此句有兩個用法：1. 是指在天色還未變暗之前。2. 則是比喻事態、情況變得不利、惡化到無法掌握之前，應該趕緊進行某事。

01月05日

足元へも寄りつけない／望塵莫及。

1. 「あの人の頭のよさには私なんか足元へも寄りつけない。」／他的頭腦是如此聰穎，我實在望塵莫及啊。
2. 「私の絵は色の美しさの点で姉の足元へも寄りつけない。」／我作的畫無論在配色上還是美感上都遠不及姊姊厲害。

此句與「足元にも及ばない」意思相同，皆是在指稱能力、技藝、技術等不及對方厲害，遠遠落後。與中文成語的「望塵莫及」意思相同。

01月06日

足元を見る／發現弱點。

1. 「相手に足元を見られた。」／被對方發現弱點了。
2. 「弱いものが足元を見られる。」／懦弱的人很容易被發現弱點。
3. 「彼女のせいで、足元を見られた。」／因為她才會被發現弱點。

此句的意思是指弱點被發現、被找到了。由於語意是指被對方發現，所以本句在實際使用時，常用被動形態來表現。

01月07日

汗(あせ)をかく／汗流浹背。容易出汗的。

1. 「朝(あさ)シャワー浴(あ)びてもどうせ通勤(つうきん)で汗(あせ)をかくから無意味(むいみ)だ。」／就算早上有洗澡，通勤時還是會汗流浹背，根本就沒意義。
2. 「これは良(よ)い汗(あせ)をかくためのトレーニングです。」／這是能促進出汗的體能訓練。

本句是指很會流汗，很容易引起出汗等意思。將句子置於名詞前即為「容易出汗的（名詞）」的意思。可將「かく」改為否定句，則成為「不容易流汗的」「不易出汗的」等相反意思。

汗(あせ)を流(なが)す／十分努力。全心投入。把汗沖掉。

1. 「被災者救護(ひさいしゃきゅうご)に汗(あせ)を流(なが)す。」／全心投入救濟災民。
2. 「一風呂浴(ひとふろあ)びて汗(あせ)を流(なが)す。」／稍微洗一下澡把汗沖一沖。

原義將「流汗」一詞引申為因專心致志於一項工作或活動的樣子，用「に」來接續全心投入的事情。並再引申為洗澡、淋浴把汗洗掉的動作。

01月09日

徒(あだ)や疎(おろそ)か／不當一回事。

1. 「小事(しょうじ)とはいえ徒(あだ)や疎(おろそ)かに扱(あつか)えない。」／就算是件小事也不能放著不管。
2. 「君(きみ)の好意(こうい)は決(けっ)して徒(あだ)や疎(おろそ)かにはしない。」／你對我的恩惠我會謹記在心。

原義為將一件事情不放在心上，不當一回事等，是較為負面的用詞。但在句尾使用否定形式，則會轉變為「謹記在心」等正面用法。

01月10日

頭(あたま)が上(あ)がらない／抬不起頭來。（因生病）頭昏昏沉沉。

1. 「借金(しゃっきん)があるので頭(あたま)が上(あ)がらない。」／我因為有欠錢，實在抬不起頭來。
2. 「病気(びょうき)が重(おも)くて頭(あたま)が上(あ)がらない。」／病重到頭昏昏沉沉的。

本句其中一個用法是形容因生病而頭昏昏沉沉，沒辦法從枕頭抬起來的樣子。引申的另一個用法是形容有階級的高低差，或因為感到慚愧而在別人面前抬不起頭來。

01月11日

頭(あたま)が痛(いた)い／頭痛。

1. 「風(かぜ)が当(あ)たると頭(あたま)が痛(いた)くなる。」／我一吹到風，頭就會痛。
2. 「資金繰(しきんぐ)りで頭(あたま)が痛(いた)い。」／因資金調度問題感到頭痛。

原義即為頭部感到疼痛，如生病或吹到風等。引伸義為因為麻煩、困擾等不順利的事，而感到煩惱的意思。與中文「頭痛」、「頭疼」的意思相同。

01月12日

頭(あたま)が重(おも)い／頭昏腦脹。心煩。

1. 「寝不足(ねぶそく)で頭(あたま)が重(おも)い。」／因為睡眠不足感到頭昏腦脹。
2. 「子供(こども)の心配(しんぱい)で頭(あたま)が重(おも)い。」／因為擔心小孩子而感到心煩。

原義即為腦袋覺得不清醒，頭昏腦脹、昏昏沉沉的樣子，此用法與「頭(あたま)が上(あ)がらない」類似。引伸義為因為有心事而感到煩亂，與「頭(あたま)が痛(いた)い」用法相同。

頭(あたま)が固(かた)い／死板。

1. 「親父(おやじ)は頭(あたま)が本当(ほんとう)に固(かた)くて、同意(どうい)してくれないかもしれない。」／我老爸個性非常死板，很有可能不會答應。

2. 「頭(あたま)の固(かた)い上司(じょうし)にどう相談(そうだん)しても無駄(むだ)だ。」／跟死板的上司再怎麼商量也沒用。

此句在形容一個人思考方法不夠有彈性、完全沒有通融餘地的樣子。多用在負面意義上，大約等同於中文的「死板」「死腦筋」等等。

01月14日

頭(あたま)が切(き)れる／頭腦靈敏。

1. 「わが会社(かいしゃ)には頭(あたま)の切(き)れる社員(しゃいん)が必要(ひつよう)だ。」／我們公司需要腦筋動得快的員工。

2. 「頭(あたま)の切(き)れる人(ひと)はよく発想力(はっそうりょく)がある。」／頭腦靈敏的人很有創造力。

此句是指一個人腦筋靈活、腦子動得快、點子多的樣子，是一句正面的形容用語。特別指處理事情迅速有效率、有創造力的樣子。在作為連體修飾的用法時，多將「が」改為「の」。

01月15日

頭隠して尻隠さず／藏得了頭，藏不了尾。

1. 「その議員の汚職事件がばれた。頭隠して尻隠さずということさ。」／那個議員的貪污事件曝光了。果然是藏得了頭，藏不了尾。
2. 「自首したほうがいいですよ。いくら隠しても、頭隠して尻隠さずだ。」／我建議你最好自首。不管你怎麼躲，終究還是藏得了頭、藏不了尾。

本句的由來是指玩捉迷藏時，躲的人只躲了一部分，其他地方卻藏不起來的意思。引申為人做了一件壞事，不管怎麼躲藏、消滅證據，總有一天還是會曝光。

01月16日

頭が下がる／致敬。欽佩。

1. 「彼の奮闘ぶりには、頭が下がるばかりだ。」／看他那樣地努力奮鬥，我感到欽佩至極。
2. 「福島事故の東電の奮闘に頭が下がる。」／我們對於東電公司在福島意外後的努力感到欽佩。

本句原義是指對值得尊敬的事情或人，脫帽敬禮的意思。多用於表示對於他人的努力或辛苦感到感動，而覺得欽佩的樣子。

頭(あたま)が低(ひく)い／謙虛。

1. 「社長(しゃちょう)になっても頭(あたま)が低(ひく)い。」／他成為社長之後還是很謙虛。
2. 「頭(あたま)の低(ひく)い者(もの)は皆(みんな)に尊敬(そんけい)される。」／謙遜之人，人恆敬之。

本句字面上的意思是頭低低的樣子。引申義為不以高視線看待別人，保持低姿態、謙遜、低調的用法。多用於正面的形容。

頭(あたま)が古(ふる)い／古板。墨守成規。

1. 「今(いま)の首相(しゅしょう)は頭(あたま)が古(ふる)いで、このままだと国(くに)は危険(きけん)だ。」／現在的首相太墨守成規，再這樣下去國家會有危機。
2. 「先生(せんせい)の考(かんが)え方(かた)はあまりにも頭(あたま)が古(ふる)い。」／老師你的思維未免也太過時了。

本句即是字面上的意思，指思考方法太老舊，不符合時代。或是指因拘泥於過去的習慣，而不夠圓融的意思。「頭(あたま)が固(かた)い」指的是思維僵硬，而本句是強調思維老舊。

01月19日

頭(あたま)から湯気(ゆげ)を立(た)てる／怒氣沖天。

1. 「女房(にょうぼう)はいま頭(あたま)から湯気(ゆげ)を立(た)てるように怒(おこ)っているから、暫(しばら)く話(はな)しかけないで。」／我老婆現在正氣在頭上，最好不要跟她講話。
2. 「社長(しゃちょう)はもう頭(あたま)から湯気(ゆげ)を立(た)てるようにかんかんになっている。」／社長已經氣到怒不可遏了。

本句是指頭好像在冒熱氣、在冒煙一樣。表示非常生氣、怒氣沖天的樣子。多會加上「ように」用比喻的方法來表現。

01月20日

頭(あたま)でっかち尻(しり)すぼり／虎頭蛇尾。雷聲大雨點小。

1. 「この段階(だんかい)で諦(あきら)めたら、頭(あたま)でっかち尻(しり)すぼりではないか？」／到這個地步還放棄的話，不是太虎頭蛇尾了嗎？
2. 「初(はじ)めはあんなに勢(いきお)いがよかったのに、今は頭(あたま)でっかち尻(しり)すぼりだ。」／剛開始的時候明明還很有氣勢，現在卻是虎頭蛇尾。

本句字面上的意思是頭很大，尾巴卻很小。引申義為做一件事情的時候，一開始充滿了幹勁，但到最後卻無疾而終的意思。相當於中文的「虎頭蛇尾」。

頭(あたま)と尻尾(しっぽ)は呉(く)れてやれ／見好就收。

1. 「株相場(かぶそうば)の格言(かくげん)は、頭(あたま)と尻尾(しっぽ)は呉(く)れてやれということだ。」／玩股票要謹記一句話：見好就收。
2. 「投資(とうし)はある程度(ていど)の利益(りえき)で満足(まんぞく)すべきだ。頭(あたま)と尻尾(しっぽ)は呉(く)れてやれということなのさ。」／投資的獲利到一定的程度就該滿足了。這就是所謂的見好就收。

本句特別是用在投資股票市場上的一句名言。由於投資人會有當股票上漲的時候，想等漲得更高時再賣出會獲得較大利潤；或是股票在低點時，想等更低點再買進會損失較少，但往往都比預期的虧得多、賺得少。所以這句話即在提醒投資人，在有一定的獲利後就應該見好就收，以避免虧損嚴重。

01月22日

頭(あたま)に入(い)れる／牢記。

1. 「道順(みちじゅん)を頭(あたま)に入(い)れてから出(で)かける。」／把路線牢牢記清楚了再出門。
2. 「事故防止(じこぼうし)のため、ここに書(か)いてあることはよく頭(あたま)に入(い)れておいて下(くだ)さい。」／為了避免意外事件發生，請務必牢記這裡所寫的事項。

本句是指為了不要忘記，將一件事情完完全全地記在腦中的意思。常用在記路、記注意事項等等。

01月23日

頭(あたま)に来(く)る／令人生氣。

1. 「夜中(よなか)の間違(まちが)い電話(でんわ)はほんとうに頭(あたま)に来(く)る。」／半夜接到打錯的電話真的很令人生氣。
2. 「電車内(でんしゃない)で頭(あたま)に来(く)る事(こと)は何(なに)か？」／在電車裡什麼事情會令人討厭？

本句是指一件事情、行為或話語等等會使人生氣，引起人的反感、討厭之類的情緒。多是用於形容負面的事情。

01月24日

頭(あたま)に血(ち)が上(のぼ)る／腦充血。興奮。激動。

1. 「蝙蝠(こうもり)は頭下(あたました)にしていて頭(あたま)に血(ち)が上(のぼ)らないのか。」／為什麼蝙蝠倒掛也不會腦充血？
2. 「彼(かれ)は頭(あたま)に血(ち)が上(のぼ)って銃(じゅう)の引(ひ)き金(がね)を引(ひ)いた」／他在情緒激憤下扣下了板機。

照字面上的原義是指血液向頭部集中，造成腦充血的意思。引伸義為情緒好像血液全衝向大腦，熱血沸騰、興奮激動的樣子。用於形容情緒時，多是在形容衝動、憤怒、激憤等等。

01月25日

頭(あたま)の上(うえ)の蠅(はえ)を追(お)う／管別人前先管好自己。

1. 「人(ひと)のことにいらざる口出(くちだ)しするよりも、まず自分自身(じぶんじしん)の頭(あたま)の上(うえ)の蠅(はえ)を追(お)え。」／要多管別人的閒事之前，先把自己的事情給管好吧。
2. 「いまさら人(ひと)の心配(しんぱい)する場合(ばあい)か、頭(あたま)の上(うえ)の蠅(はえ)を追(お)えよ。」／你現在還有時間擔心別人啊？先擔心你自己吧。

使用上多用命令形，是指想處理、插手、管他人的事情之前，得先自己處理好自己的事，先管好自己再說之義。類似中文的「要刮別人鬍子之前，先刮好自己的鬍子」。

頭(あたま)の黒(くろ)い鼠(ねずみ)／家賊。內賊。

1. 「今回(こんかい)のことは、頭(あたま)の黒(くろ)い鼠(ねずみ)のしわざだと思(おも)う。」／這件事恐怕是內賊的傑作。
2. 「これは頭(あたま)の黒(くろ)い鼠(ねずみ)がやったしわざだ。」／這是家賊幹的好事。

老鼠在家裡通常是偷吃家裡的東西，而人類是黑頭髮的，所以在家中、自己身邊偷東西的人，就會被形容為像是黑頭髮的老鼠一樣。比喻有家賊、內賊。

01月27日

頭の天辺から足の爪先まで／從頭到腳。從頭到尾。全部。

1. 「にわか雨で頭の天辺から足の爪先までずぶぬれになる。」／突如其來的大雨害我全身從頭到腳都濕透了。
2. 「頭の天辺から足の爪先までじろじろ見る。」／從頭到腳緊緊地盯著看。

「頭の天辺」是指頭部的最頂端，「足の爪先」是指腳趾甲的最前段。所以從頭部的最頂端到腳趾甲的最前端，指的就是全身上上下下、從頭到尾的意思。

頭の中が白くなる／腦筋一片空白。

1. 「ショックで頭の中が白くなった。」／被嚇到腦筋一片空白。
2. 「母の死で頭の中が白くなった。」／得知母親的死訊我腦筋一片空白。

本句指的是頭腦完全無法思考、腦筋一片空白的意思。通常多指受到驚嚇、或是得知一件突如其來的意外，震撼到無法思考的意思。類似的句子有「頭の中が真っ白になる」等等。

頭(あたま)を上(あ)げる／（勢力、氣勢等）抬頭。

1. 「新人候補(しんじんこうほ)が頭(あたま)を上(あ)げてきた。」／新進候選人開始嶄露頭角。
2. 「第三勢力(だいさんせいりょく)が頭(あたま)を上(あ)げてきた。」／第三勢力開始抬頭了。

字面上意思即為抬頭之義。引伸義是形容勢力伸張、壓過其他人之意。義同中文成語「嶄露頭角」。通常是形容新的勢力、新的人開始抬頭等意。

頭角(とうかく)を現(あら)わす／嶄露頭角。鶴立雞群。備受矚目。

1. 「嶄然(ぜんぜん)として頭角(とうかく)を現(あら)わす。」／嶄然現頭角。
2. 「彼(かれ)は革命(かくめい)の中(なか)で頭角(とうかく)を現(あら)わし、軍隊(ぐんたい)の中(なか)で目立(めだ)っている。」／他在革命中嶄露頭角，在軍中頗受矚目。

本句意思是指學識、才能或行為等相當優秀、出類拔萃，而在團體中成為注目的焦點之意。義同中文成語「嶄露頭角」。與「頭(あたま)を上(あ)げる」較不同的是，「頭(あたま)を上(あ)げる」是指因為勢力壓過他人而抬頭，本句則是指學識才華優秀而受人矚目的樣子。

頭(あたま)を捻(ひね)る／動腦筋。想破頭。

1. 「この機械(きかい)を作(つく)るのにいちばん頭(あたま)を捻(ひね)ったのはこの自動制御(じどうせいぎょ)の部分(ぶぶん)だ。」／在製作這台機器的時候最費腦筋的就是這個自動裝置的部分。
2. 「数学者(すうがくしゃ)も頭(あたま)を捻(ひね)った問題(もんだい)。」／連數學家也會想破頭的題目。

字面上的意思為扭著頭、歪著頭，形容正在思考的樣子。引伸義為為了一件事情而多方思考，動腦筋的意思。

02月

- 02月01日
- 02月02日
- 02月03日
- 02月04日
- 02月05日
- 02月06日
- 02月07日
- 02月08日
- 02月09日
- 02月10日
- 02月11日
- 02月12日
- 02月13日
- 02月14日
- 02月15日
- 02月16日
- 02月17日
- 02月18日
- 02月19日
- 02月20日
- 02月21日
- 02月22日
- 02月23日
- 02月24日
- 02月25日
- 02月26日
- 02月27日
- 02月28日
- 02月29日

頭を痛める／傷腦筋。

1. 「高校進学問題で、毎日親と頭を痛めているんです。」／為了高中的升學問題，每天和父母一起傷腦筋。
2. 「心配事や苦労で頭を痛める。」／因為擔憂和辛勞而傷腦筋。

比喻為了某些事而傷透腦筋的樣子。同是為疼痛的動詞有「痛める」和「痛む」，如果用「頭が痛む」單純只是在表示頭痛的意思和「頭を痛める」意思不同。

頭を抱える／抱頭深思。

1. 「いい仕事が見つからず、頭を抱えている。」／找不到好的工作，抱頭深思苦惱著。
2. 「山積する課題に頭を抱える。」／面對著那堆積如山的問題抱頭苦惱。

表示抱著頭苦惱深思的樣子，多用在山窮水盡的狀態下。和上一句「頭を痛める」有同樣的意思，用法也差不多。

02月03日

頭を下げる／低頭認錯。甘拜下風。

1. 「あいつだけには頭を下げたくない。」／唯獨不想對那個傢伙認錯。
2. 「彼の実力には頭を下がる。」／對他的實力佩服得五體投地。

這句慣用句有低頭向下、鞠躬、認錯、佩服、屈服等意思，大部分多用於認錯。另外，用「下げる」的反義「上げる」來表現的話，則有「頭を上げる」（嶄露頭角）之意。

頭を搾る／絞盡腦汁。

1. 「毎日頭を搾っているが、そう簡単にはいい考えが出てこない。」／每天都絞盡腦汁，卻還想不出好主意。
2. 「新商品のネーミングに頭を搾る。」／為了新商品的名稱絞盡腦汁。

有想盡辦法、將腦袋發揮至極限地來思考某事，一般常見的用法也有「知恵をしぼる」「頭を捻る」等表現形式。這個慣用句不可用於否定形式。

頭(あたま)を突(つ)っ込(こ)む／一頭栽入。熱中於…。

1. 「やっかいな問題(もんだい)に頭(あたま)を突(つ)っ込(こ)む。」／一頭栽入麻煩的問題。
2. 「他人(たにん)のことに頭(あたま)を突(つ)っ込(こ)むじゃない。」／不要一頭栽入別人的事。

用來形容因為某事而引起的興趣，進而一股腦地深入其中、想要探究其中的道理。常用於工作上、朋友間、團體中等，和自己關係比較密切的事物，相似的表現還有「首(くび)を突(つ)っ込(こ)む」。

頭(あたま)を悩(なや)ます／苦惱。焦慮。

1. 「多(おお)くの教師(きょうし)が生徒(せいと)のしつけに頭(あたま)を悩(なや)ませている。」／很多老師為了學生的教養感到頭痛。
2. 「学業(がくぎょう)のことで頭(あたま)を悩(なや)まし、夜(よる)も眠(ねむ)れないそうだ。」／因為學業上的煩惱，晚上睡也睡不著。

「悩(なや)ます」本身就有焦慮、痛苦煩惱的意思，「頭(あたま)を悩(なや)ます」是在表示說很頭痛或很苦惱。另外，依句型的不同動詞活用可自由變換，像例句的「悩(なや)ませ」「悩(なや)まし」是動詞活用上的變化。

02月07日

頭(あたま)を撥(は)ねる／抽頭。佔便宜。

1. 「給料(きゅうりょう)の頭(あたま)を撥(は)ねるとは、けしからん。」／賺來的薪水被抽頭，簡直是莫名其妙。
2. 「臨時従業員(りんじじゅうぎょういん)の賃金(ちんぎん)の頭(あたま)を撥(は)ねる。」／剝削臨時員工的薪資。

「頭(あたま)を撥(は)ねる」的原意是指在卸貨時從上面掠取部分的貨物，也可以說是偷取別人的一部分占為己有。另外還有「ピンはね」的說法，常用於黑幫或黑心仲介的不法行為。

02月08日

頭(あたま)を捻(ひね)る／想盡辦法。絞盡腦汁。

1. 「先生(せんせい)が試験問題(しけんもんだい)の作成(さくせい)に頭(あたま)を捻(ひね)る。」／老師絞盡腦汁地出考題。
2. 「私(わたし)が懸命(けんめい)に頭(あたま)を捻(ひね)った結果(けっか)はこの文書(ぶんしょ)です。」／這是我想盡辦法寫出來的資料。

「頭(あたま)を捻(ひね)る」和「頭(あたま)を搾(しぼ)る」的意思和用法差不多。但是「頭(あたま)を搾(しぼ)る」的意思比較類似絞盡腦汁也想不出好辦法的情況，而「頭(あたま)を捻(ひね)る」卻是絞盡腦汁而想出來的辦法。兩者之間有著些許的差異性。

頭(あたま)を冷(ひ)やす／冷靜。

1. 「頭(あたま)を冷(ひ)やしなさいよ。」／冷靜一下吧。
2. 「頭(あたま)を冷(ひ)やして、もう一度(いちど)考(かんが)え出(だ)せ！」／把頭冷靜下來，重新再思考一次吧!
3. 「私(わたし)が一番(いちばん)言(い)いたいことは、『あなたは頭(あたま)を冷(ひ)やすべきだ』ということである。」／我最想說的事就是「你應該冷靜點」。

其意是指冷卻心頭，壓抑興奮或高亢的心情，冷靜下來。另外，「魂(たましい)を冷(ひ)やす」或「肝(きも)を冷(ひ)やす」是在形容受到驚嚇或恐慌的樣子，和「頭(あたま)を冷(ひ)やす」的意思並不相同。

頭(あたま)を丸(まる)める／反省。剃髮爲僧。

1. 「頭(あたま)を丸(まる)てもう一度(いちど)で直(なお)せ！」／回去反省反省再來吧！
2. 「彼(かれ)はいきなり頭(あたま)を丸(まる)めて山(やま)にこもった。」／他突然躲到山裡削髮為僧。
3. 「失敗(しっぱい)したら頭(あたま)を丸(まる)めるぐらいのつもりでやれ。」／抱著失敗就出家當和尚的想法去做吧！

其意是指犯錯的人將自己的頭髮剃光來表示反省，同時也有想要出家當和尚的意思。

02月11日

頭（あたま）を擡（もた）げる／抬頭。隱藏或被壓迫的想法顯現出來。

1. 「急進派（きゅうしんは）がようやく頭（あたま）を擡（もた）げる。」／激進派終於有出頭天了。
2. 「彼女（かのじょ）の疑念（ぎねん）が頭（あたま）を擡（もた）げる。」／釐清了她的疑惑。

表示抬起頭的樣子，另有釐清疑惑和出頭的意思，和「頭（あたま）を上（あ）げる」意思相同。但「頭（あたま）を上（あ）げる」只有出頭天的意思，沒有釐清疑惑之意。

当（あ）たりを取（と）る／如其所願。獲得好評。

1. 「このドラマは大変（たいへん）な当（あ）たりを取（と）ったものだ。」／這部電視劇如當初預期地大受歡迎。
2. 「これは一番（いちばん）当（あ）たりを取（と）る一品（いっぴん）なのだ。」／這是最受好評的一道菜。

「当（あ）たり」原本就有中獎、成功、如其所願等意思。在這裡「当（あ）たりを取（と）る」更有事情的結果依自己所想的樣子進行之意。同義的用語有「当（あ）たりを付（つ）ける」或「見当（けんとう）を付（つ）ける」等。

当たって砕けろ／挑戰。不管三七二十一做了再說。

1. 「男は当たって砕けろ！」／男人就是要不管三七二十一做了再說！
2. 「最近の若者は当たって砕けろの精神は皆無だ。」／最近的年輕人都沒有挑戰的精神。

其意是指抱著玉碎的決心去做，就算粉身碎骨也在所不惜的樣子，也有不去挑戰就不會成功的意思。

当たらず触らず／模稜兩可。無關緊要。

1. 「あいつはいつも当たらず触らずの返事をする。」／那個傢伙總是回一些無關緊要的話。
2. 「上司の前で当たらず触らずの態度はいけません。」／在上司的面前千萬不能擺出模稜兩可的態度。

「当たらず触らず」也寫作「当たらず障らず」，指不明確地表現出自己的意見或看法，也有無法切入事情的核心抓住重點之意。

02月15日

当(あ)たらずといえども遠(とお)からず／八九不離十。雖不中亦不遠。

1. 「この予測(よそく)は当(あ)たらずといえども遠(とお)からず。」／這個預測雖不中亦不遠。
2. 「今(いま)、君(きみ)の話(はなし)は当(あ)たらずといえども遠(とお)からず。」／你現在說的話算得上是八九不離十。

這是常用的慣用句，出自於中國四書裡的《大學》章句篇。但是「当(あ)たらずとも遠(とお)からず」是錯誤的用法，須特別注意。

02月16日

当(あ)たるも八卦(はっけ)当(あ)たらぬも八卦(はっけ)／不用在意求神問卜的結果。

1. 「当(あ)たるも八卦(はっけ)当(あ)たらぬも八卦(はっけ)、吉(きち)とでようが凶(きょう)とでようが気(き)にすることはない。」／卜卦問神也不一定準，不管是吉是凶都不用太在意。
2. 「気(き)にしないで、当(あ)たるも八卦(はっけ)当(あ)たらぬも八卦(はっけ)だから。」／不用在意，卜卦也有失靈的時候。

其意是指準不準都只是算命而已，不用太在意結果的意思。大多用在得到結果不好的占卜結果之時。

02月17日

当たるを幸い／隨手。凡所觸及。盲目行事。

1. 「本屋の新刊を当たるを幸いといった感じ買いまくる。」／書局的新書，凡所觸及，一一購買。
2. 「彼は校内の相撲大会で当たるを幸い相手を投げ飛ばす。」／他在學校舉行的相撲比賽中將對手一一地扔出場外。

原意是指凡是手碰到的東西，不管先後順序地加以使用或執行。相近的用語有「手当たり次第」或「手当たり放題」等等。

02月18日

後がない／沒有退路。

1. 「急に後がない立場に立たされる。」／我的立場突然沒有了退路。
2. 「もうだめだ、後がない！」／不行了，我已經沒有退路了！

這個慣用句有很多相似的用語，舉例來說「剣が峰」「瀬戸際」「正念場」「絶体絶命」「土壇場」等等，都是在說明面臨危機、沒有退路的情況。

02月19日

後(あと)から後(あと)から／持續不斷。

1. 「お客(きゃく)さんが後(あと)から後(あと)から押(お)しかけて、大変(たいへん)な状況(じょうきょう)になった。」／客人不斷地湧進來，情況變得很糟糕。
2. 「後(あと)から後(あと)から問題(もんだい)が厳(きび)しくなった。」／問題持續地越變越嚴苛。

表示事情持續不斷地發生，無法停止沒完沒了的樣子。相似的表現也可用「次(つぎ)から次(つぎ)へと」。

02月20日

後(あと)に引(ひ)けない／無法回頭。

1. 「自分(じぶん)で言(い)い出(だ)したことだから、後(あと)に引(ひ)けなくなった。」／自己說出口的事，不能隨便收回。
2. 「もう後(あと)に引(ひ)けない状況(じょうきょう)を作(つく)ってしまった。」／演變成無法回頭的狀況了。

其意是指無法回頭，只能硬著頭皮去做的情形。另外，也有不讓步、不後退、堅持下去的意思。

後(あと)にも先(さき)にも／生平未有地。

1. 「こんな怖(こわ)い体験(たいけん)、後(あと)にも先(さき)にもない。」／這麼恐怖的經驗是我生平未有過的。
2. 「後(あと)にも先(さき)にも聞(き)いたことがありませんよ。」／這是生平未曾聽過的事。

表示強調以前從未曾有過的經驗或事情，也表示可能就只有一次以後不可能再發生的情況。

後(あと)の雁(かり)が先(さき)になる／後來居上。

1. 「若者(わかもの)たちは後(あと)の雁(かり)が先(さき)になり、我々(われわれ)を追(お)い越(こ)した。」／後來居上的年輕人們已經超越了我們。
2. 「落(お)ちこぼれの学生(がくせい)の成長(せいちょう)振(ぶ)りを見(み)て、まさに後(あと)の雁(かり)が先(さき)になるということだ。」／看見吊車尾的學生的成長，正是所謂的後來居上。

這句慣用句是指一整排飛行的雁子中，飛在最後的雁子追過前面的雁子，用來比喻晚輩勝過前輩的樣子，也有白髮人送黑髮人的意思。有時會也用「後(あと)の雁(かり)」來表示。另外，還有「先(さき)の雁(かり)が後(あと)になる」的反義用法。

02月23日

後(あと)は野(の)となれ山(やま)となれ / 不管事後如何。

1. 「政治家(せいじか)はいつも後(あと)は野(の)となれ山(やま)となれとばかりに選挙(せんきょ)をあげた。」／政治家都不管以後的問題先選再說。

2. 「後(あと)は後(あと)は野(の)となれ山(やま)となれで決(き)めれば、後先(あとさき)が心配(しんぱい)する。」／不管事後發展地來決定的話，未來會讓人擔心。

表示先完成眼前的事情，之後不管變成怎樣都無訪，有不管三七二十一之意。和「先(さき)は野(の)となれ山(やま)となれ」用法一樣，意思也相同。

02月24日

後(あと)へも先(さき)へも行(い)かぬ / 進退兩難。

1. 「途方(とほう)に暮(く)れて、後(あと)へも先(さき)へも行(い)かぬと感(かん)じた。」／走投無路了，感覺到進退兩難。

2. 「後(あと)へも先(さき)へも行(い)かぬ状況(じょうきょう)を作(つく)り出(だ)したのは私(わたし)じゃない。」／造成這種進退兩難的情況不是我。

表示前進也不是，後退也無法的情況。常常會被誤會成「後(あと)へも先(さき)へも引(ひ)けぬ」，這是錯誤的用法需多加注意。

02月25日

後を引く／沒完沒了。還持續著。

1. 「事件が後を引いて、捜索が困難に落ちた。」／受到之前的事件的影響，搜查困難的情況還持續著。
2. 「彼女との喧嘩が後を引いて、今もうまく行かないのだ。」／和女朋友吵架的關係，到現在還是沒辦法好好地相處。

表示因為受到某件事情的影響，而持續到現在的樣子。也常用在表示美食的餘韻。

跡を追う／追隨。

1. 「彼女は愛する人の跡を追うように命を絶った。」／她追隨著所愛的人而自殺了。
2. 「先生の跡を追って、研究を完成する。」／追隨著老師的腳步完成研究。

也寫作「後を追う」，表示追隨的意思。基本上有追隨著所思念的人而死，或追隨著前人的知識等意思。

02月27日

跡を隠す／消聲滅跡。埋葬。

1. 「真犯人が跡を隠して、姿を消えた。」／真的犯人消聲滅跡了。
2. 「戦争の後、一人のお坊さんは名も無き遺体の跡を隠す。」／戰爭過後，一位和尚將那些無名的屍體一一埋起來了。

主要的意思是隱藏自己的蹤跡，但也有將屍體埋葬起來之意，和「跡を暗ます」的意思相近。

跡を暗ます／逃亡。隱藏蹤跡。

1. 「世間から跡を暗ました人たちはこの山の奥に住んでいる。」／避開人世間的人們居住在這座深山裡。
2. 「いつも連絡を取っている親友が突然跡を暗ました。」／一直都有在聯絡的好友突然音訊不通了。

形容將自己的蹤跡隱藏起來，讓別人如無法追蹤，和「跡を隠す」意思相似。

跡を絶つ／銷聲匿跡。不知去向。

1. 「いつも夜の草原を照らした蛍たちは、今すっかり跡を絶ってしまった。」／一直閃耀在這片草原的螢火蟲們，如今已銷聲匿跡了。

2. 「訪れる人が跡を絶たない。」／來訪的人潮絡繹不絕。

有時會把「跡」誤為「後」寫成「後を絶つ」，這個慣用句只有「跡を絶つ」的用法，「後を絶つ」是錯誤的，要特別注意。

03月

- 03月01日
- 03月02日
- 03月03日
- 03月04日
- 03月05日
- 03月06日
- 03月07日
- 03月08日
- 03月09日
- 03月10日
- 03月11日
- 03月12日
- 03月13日
- 03月14日
- 03月15日
- 03月16日
- 03月17日
- 03月18日
- 03月19日
- 03月20日
- 03月21日
- 03月22日
- 03月23日
- 03月24日
- 03月25日
- 03月26日
- 03月27日
- 03月28日
- 03月29日
- 03月30日
- 03月31日

跡を垂る／仙佛下凡。顯跡。

1. 「霊験無双の神明は、音無河に跡を垂る。」／舉世無雙靈驗的神明，下凡至音無河。
2. 「我、もとより此処に跡を垂る。我が社殿を営むことなかれ。」／我本來就顯跡於此，不用建造我的宮殿。

指神佛為了眾生而下凡，暫時顯現出神的姿態。另外，也有表示模範之意，但較為少見。

03月02日

跡をつける／留下足跡（痕跡）。跟蹤尾隨。

1. 「先日仕事帰りにお店で買い物したので、店の中で跡をつけられた。」／因為前幾天在工作回家的路上有去貴店買東西，所以在店裡留下了足跡。
2. 「周りに怪しい人が跡をつけてきたり追いかける人がいるかどうかを気をつける。」／請注意周遭有沒有形跡可疑的人跟蹤或追趕。

此慣用句因為也有跟蹤的意思，所以在使用上應該特別小心謹慎，以避免引起誤會。

03月03日

跡（あと）を弔（とむら）う／供養死去的人。

1. 「後（あと）の代（だい）の旅人（たびびと）は、前（まえ）の代（だい）の旅人（たびびと）の跡（あと）を弔（とむら）う。」／後世的旅人，供養憑弔前一世的旅人。
2. 「僧（そう）は、あの人（ひと）は幽霊（ゆうれい）だったさとり、跡（あと）を弔（とむら）う。」／僧侶明白了那個人是幽靈，便供養他。

特別指供奉與其有某些因緣連結的死去之人，也可寫作「後（あと）を弔（とむら）う」。

跡（あと）を守（まも）る／看守無人的房間。繼承故人的技藝或工作讓其不至於斷絕。

1. 「彼女（かのじょ）は旦那（だんな）さんの仕事（しごと）の跡（あと）を守（まも）った。」／她繼承了丈夫的工作。
2. 「最後（さいご）までこの業（ぎょう）の跡（あと）を守（まも）ることができない。」／直到最後還是無法將這個工作繼續繼承下去。

所針對的對象特別是指有血緣關係的親人或是丈夫，亦或是老師的工作或技藝、職業等等。但此慣用句屬於現代已經比較少見的用法。

後腹(あとばら)が病(や)める／事情過後感到有所損失或痛苦。

「それは利害(りがい)に打算(ださん)して、後腹(あとばら)の病(や)めないものは無(な)い。」／考量了其中的利弊，事後不會有什麼損失。

「後腹(あとばら)」的意思是指生產後的肚子，「後腹(あとばら)が病(や)める」的意思即為生產過後肚子仍然疼痛。此慣用句特別是指事後各式各樣的花費，或金錢上的損失。也可寫作「跡腹(あとはら)を病(や)める」。

穴(あな)があったら入(はい)りたい／丟臉到若地上有個洞真想鑽進去。

1. 「急(きゅう)に穴(あな)があったら入(はい)りたいことを思(おも)って、顔(かお)が真(ま)っ赤(か)になった。」／突然想起了丟臉到想找洞鑽的事情，臉就紅了起來。
2. 「穴(あな)があったら入(はい)りたいようなミスをしたことがありますか。」／你有犯過丟臉到想找洞鑽的失誤嗎？

此慣用句大多是指做了令人羞恥、丟臉的事情。與中文常使用的「想挖個地洞鑽下去」，不論意思與使用方法都相同。

03月07日

穴のあくほど／一直盯著看。

1. 「さっきからあの怪しい人に穴のあくほど見られる。」／我從剛才就被那個奇怪的人盯著瞧。
2. 「彼氏にこんなに穴があくほど見つめて、ドキドキする。」／被男朋友這樣注視著，心跳加速。

此慣用句特別是指一直盯著臉部看，看到彷彿要看出一個洞來似的。「穴があくほど見つめる」也是很常見的用法。

03月08日

穴をあける／損失。事情沒有照預定計畫進行而產生的空白時間。

1. 「今の事故で舞台に穴をあける。」／這場意外讓舞台上出現了空白的時間。
2. 「家計に穴をあける。」／太過浪費，家裡的收支有所透支。

特別是指金錢上花費過度而有所虧損，但在現在已屬於較少見的用法。時常用於單純地開一個洞穴的意思。

穴(あな)を穿(うが)つ／指出出人意料的重點或缺點。

1. 「突然先生(とつぜんせんせい)に穴(あな)を穿(うが)たれたから、びっくりしました。」／因為突然被老師指正出乎意料之外的缺點，嚇了一大跳。
2. 「彼女(かのじょ)は部長(ぶちょう)に穴(あな)を穿(うが)たれて、泣(な)き出(だ)しました。」／她被部長指正出乎意料之外的缺點，就哭了出來。

除了指出缺點或重點，也特別有從另一個角度捉住事物本質的意思。但此慣用句現在已經較為少用。

03月10日

穴(あな)を埋(う)める／補齊金錢或人員的損失。巧妙地填補了因事故產生的空檔。

1. 「あの新人(しんじん)がレギュラーの穴(あな)を埋(う)めた。」／那個新人補上了正式成員的空缺。
2. 「幸(さいわ)い予備(よび)の原稿(げんこう)で穴(あな)を埋(う)めた。」／幸好用預備好的稿子填補了空檔。

要注意的地方是助詞不能將「を」寫錯成「に」，否則意思便完全改變了。「穴(あな)を埋(う)まる」則為常見的誤用，需要小心判斷。

03月11日

油が切れる／失去動力。

1. 「油が切れて元気が出ない。」／失去動力而提不起精神。
2. 「今日はもう油が切れて動けない。」／今天已經失去動力動不了了。

此慣用句就如同字面上的意思，機器耗盡了油而無法動作，也泛指沒有精神、沒有力氣了等等。

03月12日

脂が乗る／積極。油脂豐富。活力旺盛。

1. 「新しく始めた事業もようやく脂が乗ってきた。」／新開始的事業總算上了軌道。
2. 「涼しくて勉強に脂が乗る。」／天氣涼爽讓人用功起來很起勁。
3. 「夏の鰺は脂が乗ってうまい。」／夏季的竹筴魚油脂豐富很美味。

除了形容魚、肉的油脂豐富之外，也可以形容女子的肌膚富有彈力光澤，正是最青春的時候。也可以寫作「油が乗る」。

03月13日

油紙(あぶらがみ)へ火(ひ)が付(つ)いたよう／舌燦蓮花。說話滔滔不絕。

1. 「理由(りゆう)を尋(たず)ねたら、油紙(あぶらがみ)へ火(ひ)がついたようにしゃべり出(だ)した。」／找到理由後，就滔滔不絕地說了一大堆。
2. 「彼女(かのじょ)の話(はなし)になると油紙(あぶらがみ)へ火(ひ)が付(つ)いたように多弁(たべん)になった。」／一談到女朋友的事，他就變得很多話。

就像火點著油一樣，形容很會說話的樣子。同時也有「油紙(あぶらがみ)に火(ひ)が付(つ)いたよう」和「油紙(あぶらがみ)に火(ひ)の付(つ)いたよう」這樣的寫法。

03月14日

油(あぶら)に水(みず)／水火不容。

1. 「昔(むかし)は仲(なか)が良(よ)かったが、今(いま)は油(あぶら)に水(みず)になった。」／雖然以前感情很好，現在卻變得水火不容。
2. 「私(わたし)と彼女(かのじょ)は、まさに油(あぶら)に水(みず)の関係(かんけい)だった。」／我和她的關係簡直就是水火不容。

此慣用句為一句諺語，與「犬(いぬ)と猿(さる)」（犬猿之仲）同義。另外，「油(あぶら)と水(みず)」是常見的錯誤寫法，須特別注意。

03月15日

油を売る／工作中偷懶，聊些無關緊要的事。

1. 「こんな時間まで、いったいどこで油を売っているんだ？」／拖到這個時間，到底是跑去哪偷懶了啊。
2. 「油ばかり売ってないで、まじめに働いてみろ。」／不要老是在工作中聊天，認真點工作吧。

此慣用句並不限定是偷懶去聊天，也經常用於像是在跑腿中途去休息、喝茶，或跑去玩樂等等。

油を絞る／犯錯被責備。很辛苦的勞動。

1. 「先日のミスのため、今日さんざん社長に油を絞られた。」／因為前幾天的失誤，今天被社長嚴厲地斥責了。
2. 「高校時代のクラブ活動はこってり油を絞られた。」／高中時的社團活動操練的非常辛苦。

此慣用句其中之一的解釋是，所指的辛苦的勞動特別是指那些與收穫不成正比的勞力付出。也有讓他人努力，自己坐收漁翁之利的意思，但已不常見。最常見的解釋與用法，還是因為犯錯而被責備。

03月17日

油(あぶら)を注(そそ)ぐ／火上加油。煽動。

1. 「この問題(もんだい)に深入(ふかい)りすると、油(あぶら)を注(そそ)ぐ結果(けっか)になる。」／深入這個問題後，結果變成在火上加油。
2. 「あなたの言葉(ことば)は火(ひ)に油(あぶら)を注(そそ)ぐだけだよ。」／你說的話只是在火上加油而已啊。

如同字面上的意思，在火上加油反而讓火勢更加猛烈，「火(ひ)に油(あぶら)を注(そそ)ぐ」也是很常見的用法。

油(あぶら)を流(なが)したよう／平靜無波。

1. 「油(あぶら)を流(なが)したように静(しず)かな海湾(うみわん)の代表格(だいひょうかく)は、神奈川県(かながわけん)の油壷(あぶらつぼ)です。」／說到平靜無波而靜謐的海灣代表，就是神奈川縣的油壺灣。
2. 「海上(かいじょう)はまるで油(あぶら)を流(なが)したようにねっとりとした様子(ようす)になっていた。」／海上簡直平靜到變得黏糊糊的樣子。

指海或湖面沒有風浪，平靜無波的樣子。神奈川縣的油壺灣之名，也是由這句話而來的。

03月19日

甘い汁を吸う／坐享其成。

1. 「私たちが働いて、彼が甘い汁を吸っている。」／我們努力工作他卻坐享其成。
2. 「他人を陥れて甘い汁を吸う人など許されない。」／我無法原諒陷害他人自己坐收漁翁之利的人。
3. 「官僚や貴族が甘い汁を吸うためには、ルールの無視は当たり前だ。」／為了讓官僚和貴族坐享其成，當然是無視於規定了。

本句是指只吸取甘甜的汁液，意指一點也沒有付出辛勞而獲得利益。此慣用句屬負面意思，使用上須小心。

03月20日

飴と鞭／恩威並施。

1. 「彼は飴と鞭で人を働かせる。」／用恩威並施的方法讓人為他工作。
2. 「飴と鞭で本当に人をやる気にさせることができるのか。」／恩威並施真的能夠讓人產生幹勁嗎？
3. 「従来の飴と鞭を使った方法は今では通用しません。」／過去恩威並施的方法現在已經不適用了。

原意為糖與鞭子，也就是恩威並施之意。這是對德國的鐵血宰相俾斯麥的社會主義運動的評價，也可以用於比喻領導方式或政策等等。

飴（あめ）をしゃぶらせる／略施小惠。諂媚奉承。

1. 「彼（かれ）はなにか適当（てきとう）な飴（あめ）をしゃぶらせておけば、文句（もんく）は言（い）わない。」／對他意思意思奉承一下，他就不會有異議了。

2. 「あいつに飴（あめ）をしゃぶらせて金（きん）を巻（ま）き上（あ）げよう。」／給那傢伙一點甜頭吃，再捲跑他的錢吧。

泛指為了得到更大的利益或金錢，而先給對方一點好處，或說點好話逢迎諂媚。就如同中文的「給對方一點甜頭吃」的意思。

蟻集（ありあつ）まって樹（き）を揺（ゆ）るがす／團結力量大。異想天開。

1. 「蟻集（ありあつ）まって樹（き）を揺（ゆ）るがすから、クラスの皆（みんな）と頑張（がんば）りましょう。」／團結力量大，和班上的大家一起加油吧。

2. 「昔（むかし）、誰（だれ）もわたしの夢（ゆめ）は蟻集（ありあつ）まって樹（き）を揺（ゆ）るがすと言（い）ったが、それでも諦（あきら）めなかった。」／以前每個人都說我的夢想是異想天開，但即使如此我也無法放棄。

雖然就如同字面上的意思，是指螞蟻聚集起來也是能搖動樹，意指團結力量大的意思。但其實此諺語也有螞蟻妄想搖動樹木，是不自量力與意想天開的作為之意。所以使用與閱讀上均要仔細配合前後文再下判斷。類似的句子還有「蟻（あり）の塔（とう）を組（く）む如（ごと）し」（聚沙成塔）。

03月23日

蟻(あり)の穴(あな)から堤(つつみ)も崩(くず)れる／千里之堤潰於蟻穴。

1. 「蟻(あり)の穴(あな)から堤(つつみ)も崩(くず)れるというから、この際工場全体(さいこうじょうぜんたい)の安全装置(あんぜんそうち)を再点検(さいてんけん)しよう。」／太大意會導致不可收拾的後果，這時再檢查一下這個工廠全體的安全裝置吧。
2. 「蟻(あり)の穴(あな)から堤(つつみ)も崩(くず)れるというから、気(き)をつけてください。」／大意失荊州，請小心注意。

此句諺語出自韓非的《韓非子·喻老》：「千丈之堤，以螻蟻之穴潰；百尋之室，以突隙之煙焚。」也就是說，一個小小的螞蟻窩，可以使千里長堤潰決。比喻若是大意或犯下小錯將釀成大禍。

03月24日

蟻(あり)の甘(あま)きにつくが如(ごと)し／有利可圖的地方就有人群聚集。

1. 「蟻(あり)の甘(あま)きにつくが如(ごと)し，水(みず)の低(ひく)きに就(つ)くが如(ごと)し。」／有利可圖的地方人們就會聚集過來，就如同水往低處流。
2. 「蟻(あり)の甘(あま)きにつくが如(ごと)く、人々(ひとびと)はここを目指(めざ)すももちろんのことだ。」／人們會往有利益的地方靠攏，會以這裡為目標也是當然的。

此句如同字面上的意思，指就像螞蟻會往甜的地方跑一樣，人也自然會往有利可圖的地方聚集。

03月25日

蟻(あり)の思(おも)いも天(てん)に届(とど)く／滴水可穿石。

1. 「蟻(あり)の思(おも)いも天(てん)に届(とど)くから、怠(おこた)りなく努力(どりょく)すれば絶対(ぜったい)できる。」／滴水也能穿石，只要努力不懈的話絕對辦得到。
2. 「大学進学(だいがくしんがく)を諦(あきら)めてはいない、蟻(あり)の思(おも)いも天(てん)に届(とど)くと思(おも)う。」／我不放棄上大學，因為我認為有志者事竟成。

就如同字面上的意思，即使是螞蟻般弱小的生物，只要有一心一意努力也能登天。類似的中文成語很多，例如：「滴水穿石、鐵杵磨成繡花針、愚公移山」等等都有此意。此外，此句也可寫成「蟻(あり)の思(おも)いも天(てん)に登(のぼ)る」。

03月26日

蟻(あり)の熊野参(くまのまい)り／形容大排長龍的參拜人潮。

1. 「今年(ことし)も蟻(あり)の熊野参(くまのまい)りと思(おも)うから、初詣(はつもうで)に行(い)きたくない。」／我不想去新年參拜，因為我想今年也會是大排長龍。
2. 「蟻(あり)の熊野参(くまのまい)りも参詣(さんけい)の醍醐味(だいごみ)と思(おも)います。」／我覺得大排長龍也是參拜的特殊滋味。

意指就像螞蟻的行列一樣拖著很長的隊伍去熊野參拜。多用於形容日本人參拜神社時，大排長龍的樣子。

03月27日

蟻の這い出る隙もない／警戒甚嚴。沒有逃脫的機會。

1. 「心配は無用だ。この城はもう蟻の這い出る隙もない。」／用不著擔心，這座城已經連隻螞蟻都逃不掉了。
2. 「階段も多くの人で一杯で、蟻の這い出る隙もないとはこのことでしょう。」／連樓梯都有一堆人，這下子可逃不出去了吧。

形容嚴格把關防守，到了連一隻螞蟻都逃不出去的程度。「蟻の這い入る隙もない」為常見的誤用，需要特別注意。

03月28日

合わせる顔が無い／羞愧。沒臉見人。

1. 「彼に会いたいけれど、合わせる顔が無い。」／雖然想見面，但又沒臉見他。
2. 「貯金もほとんど無くて親に合わせる顔が無い。」／連存款都幾乎沒了，沒臉見父母啊。

形容很羞恥、很慚愧的樣子，特別指不敢面對某個人，不敢出現在那個人面前。也有「合わす顔がない」這樣的用法。

威(い)を振(ふ)るう／逞威風。發揚光大。

1. 「彼(かれ)は北陸(ほくりく)に威(い)を振(ふ)るった武将(ぶしょう)です。」／他是威震北陸的武將。
2. 「日本(にほん)の武士道(ぶしどう)が台湾(たいわん)で威(い)を振(ふ)るう。」／日本的武士道在台灣發揚光大。
3. 「彼女(かのじょ)はこの分野(ぶうや)に威(い)を振(ふ)るう。」／她在這個領域大放異彩。

除了逞威風之外，也含有很積極、強烈、盛大的感覺，不一定是負面的意思。因此，也有發揚光大這樣的解釋。

意(い)とする／念茲在茲。

1. 「失敗(しっぱい)も意(い)とせずやり抜(ぬ)く。」／屢敗屢戰。
2. 「多少(たしょう)の犠牲(ぎせい)は意(い)とせず。」／不管犧牲多少也不喪志。
3. 「彼(かれ)は善(ぜん)に励(はげ)む事(こと)を意(い)とする。」／他對於致力於善行之事很在意。

大多伴隨著否定句型的表現出現，原意表示很在意某些事物。

一般來說，直接用「気(き)にとめる」的非否定形式的表現也很常見，都有在意、掛心的意思。

03月31日

意に中る（いにあたる）／無巧不成書。正如所料。

1. 「世の中（よのなか）、意に中る（いにあたる）ようなことはありえない。」／世上沒有這麼巧的事。
2. 「社長（しゃちょう）さんの意に中る（いにあたる）ことばかり。」／正如社長所想的。

比喻發生的事情正與心中所盤算的大致相同，料想中的事果然成真的意思。「気持ち（きもち）にかなう」為一般常見用法，相較之下，比較不是那麼文言文的表現形式。

04月

- 04月01日
- 04月02日
- 04月03日
- 04月04日
- 04月05日
- 04月06日
- 04月07日
- 04月08日
- 04月09日
- 04月10日
- 04月11日
- 04月12日
- 04月13日
- 04月14日
- 04月15日
- 04月16日
- 04月17日
- 04月18日
- 04月19日
- 04月20日
- 04月21日
- 04月22日
- 04月23日
- 04月24日
- 04月25日
- 04月26日
- 04月27日
- 04月28日
- 04月29日
- 04月30日

意に介する／關心。介意。

1. 「悪口などは意に介さない。」／對他人的閒言閒語毫不在意。
2. 「人の忠告など意に介するようすもない。」／對他人的忠告毫不在意。
3. 「少しも意に介する必要はない。」／一點都不必介意。

大多用否定的句型來表示，有絲毫不在意、漠不關心等意思。一般文章中也可以用「気にかける」「気にする」等較不文言文的表現形式。

04月02日

意に適う／合適。適宜。

1. 「意に適う人材を集める。」／募集適合的人才。
2. 「意に適うプレゼントを買おう。」／買個合適的禮物吧！
3. 「こういうふうにしてこそはじめて彼の意に適うのだ。」／非要這麼做才如他的意。

大多用於表示某事物，符合個人當下的心情、期待、心裡所想要的、心裡喜歡的。也可以用「気持ちに合っている」「気に入る」等用法來表示。

意に沿う／依照…的想法。順應…的意思。

1. 「顧客の意に沿うように設計をやりなおす。」／依照顧客的要求重新設計。
2. 「親の意に沿うように進学する。」／依照父母的希望繼續升學。
3. 「自分の意に沿う学生を育てたい。」／按照自己的意思培育學生。

大多用在對長輩或上司，有採取他人的意見、達成對方的要求或希望等意思。後面常接表示希望、想要的「～ように」。此外，「～応じる」也有相同的意思。

意に染まない／非己所願。

1. 「意に染まない縁談。」／非我所願的婚事。
2. 「自分の意に染まないことでも、パパが望むなら頑張ろうと思う。」／即使是非己所願的事，只要是爸爸所期待的我都會努力去做。

大多是以否定的表現方式出現，有不喜歡、不中意、提不起勁等等的負面情緒意思。此外，「～気に入らない」「～気がすすまない」的用法也有相同的意思，可相互替換。

04月05日

意に満たない／不滿意。不合我意。

1. 「最近の作品はまったく意に満たない。」／對於最近的作品很不滿意。
2. 「親は私の今学期の成績にまったく意に満たないそうだ。」／父母親對於我這學期的成績似乎不太滿意。

大致上都以否定的形式出現，有不喜歡、不滿足、不合乎自己想要的標準等等的負面意思。像「～満足できない」等，比較白話的表現也有相同的意思，可相互替換。

意のまま／如願以償。順心遂意。

1. 「富も権力も意のままになる。」／無論是財富還是權力都將如願以償。
2. 「意のままにする。」／任意擺佈。

事情的發展就正如自己所料想的一般，有事情完全合乎自己所希望的一般順利，也有期待已久的願望終於達成的意思。例如：「思い通りに」「思うように」等，比較白話的表現，皆可相互替換。

04月07日

意を受ける／遵循、服從命令。接納他人的意見。

1. 「当局の意を受けて対処する。」／根據當局的意思來處理。
2. 「首相の意を受けて訪米する。」／遵照首相的意思訪問美國。

意指服從他人的命令、接受別人的指示、依照別人的意思行事。「～の命に服する」「～の命に従う」「～を受け入れる」這幾個用法，都有服從、接受他人意見等相似的意思。

04月08日

意を得る／明白。瞭解。恰如其分。

1. 「わが意を得ない釈明。」／這不是我的本意。
2. 「わが意を得たり。」／恰如其分。

本慣用句有兩種解讀意思：1. 理解、知道事情發生的原因、理由或其意義，句子中大多以否定的形式出現。2. 事情的呈現是自己想要的方式，也可以用「自分の思い通りだ」這種比較口語化的方式來替換。

04月09日

意を酌む／揣測。推斷。

1. 「亡父の意を酌んで遺産を福祉事業に寄付する。」／死去的父親應該會希望將死後的遺產捐贈給社會福利機構。
2. 「亡父の意を酌んで医者になる。」／死去的父親應該會希望我未來成為一個醫生。

意指對於他人的感情或是其想法，依據個人以往對於此人的認識，十分有把握地提出肯定且合理的推斷。而且這樣的推斷都會是以抱持著好意的、正面的想法為其出發點。

意を決する／毅然決然。下定決心。

1. 「意を決して直訴をする。」／下定決心要再提出上訴。
2. 「意を決して日本語を勉強する。」／下定決心要學日文。

意指大膽地、毅然決然地做出決定，已經對於自己所做的這個決定有所覺悟，將不會因此感到後悔。也指抱著必死的決心來執行這個決定，有十分強烈的感情。

04月11日

意を注ぐ／盡心盡力。

1. 「計画の実現に意を注ぐ。」／為了計畫的實現而盡心盡力。
2. 「後進の育成を意を注ぐ。」／為了培育新的人才而盡心盡力。

意指將全副的精神都一股腦地投注在某個事件上、用盡全力想要使之完成、完備。「努力を傾注する」「全身全霊を傾ける」「～に力を入れる」這幾個用法都有相同的意思。

04月12日

意を体する／遵循。遵照。

1. 「新社長の意を体して人事を刷新する。」／依照新上任社長的意思進行公司人事上的調動。
2. 「社長の意を体して交渉を臨む。」／依照社長的意思進行談判交涉。

意指將他人的意志或意向作為自己接下來遵循實現的目標，通常用在上對下之指令待完成的情況。例如：公司中老闆對於下屬、家庭中父親對於兒子。

意(い)を尽(つ)くす／知無不言。鉅細靡遺。

1. 「短(みじか)い言葉(ことば)でよく意(い)を尽(つ)くす。」／簡短的幾句話就能充分地表達我想說的意思。
2. 「意(い)を尽(つ)くした説明(せつめい)。」／鉅細靡遺的說明。

意指將自己的意見或想法全都一股腦地傾巢而出，對於某事件自己所抱持的看法與想法一點都不保留地通通都說出來。此外，還有希望聽者能夠更清楚且了解，而特地為此做出鄭重加以解釋及說明的意思。

04月14日

意(い)を強(つよ)くする／有自信地。強心針。穩固腳步。

1. 「あなたの支持(しじ)が得(え)られて意(い)を強(つよ)くしました。」／能夠得到您的支持讓我有如打了一劑強心針。
2. 「多数(たすう)の賛同(さんどう)を得(え)て意(い)を強(つよ)くする。」／能夠得到多數人的贊同，讓我更加地相信自己能做得到。

表示心中有很強烈的感覺、對自己或某事件的成敗擁有極大的自信心，或者是用來表示自身對於某事抱有強烈的得意心情。大多用於需要得到大眾支持的時候，如：革命、選舉、班級幹部改選等等。

04月15日

意を迎える／迎合。逢迎。

1. 「大国の意に迎える外交。」／迎合大國意向的外交政策。
2. 「大衆の意に迎える番組。」／迎合大眾口味的節目。

表示逢迎、投合他人的心意。舉例來說，就像是餐廳要不斷地變化菜色以迎合顧客的口味一般，多用於需要求得他人的喜好，且以他人的意見、大眾的意見為優先的時候。「諂う」「迎合する」為其同義字。

04月16日

意を用いる／用心良苦。

1. 「社会福祉を向上に意を用いる。」／為了提高社會福祉而用心良苦。
2. 「健康の維持に意を用いる。」／為了維持身體健康而用心良苦。

表示為了提升或維持某些事件的順利而費盡心思、用意深遠。需要特地勞心勞力地去掛心、照料且隨時隨地的關注。例如：健康方面、課業方面等等。與「気を配る」「気をかける」「注意する」可以相互替換。

言い得て妙（いえみょう）／絕妙好辭。

1. 「バブル経済（けいざい）とは言い得て妙（いえみょう）だ。」／泡沫經濟真是個絕妙好辭。

2. 「トムのことを『雄牛（おうし）』とは言い得て妙（いえみょう）だ。」／將湯姆形容成公牛真是個絕妙好辭。

形容說話者的言語表達極佳、詞句是極為絕妙的文辭，說出來的文字能夠巧妙的表達出詞句且恰好切合詞意，能夠令聽者當下立即感到沒有什麼比這句話更為合適的形容詞了。

04月18日

言う口の下から（いくちした）／才剛說…下一秒…。自打嘴巴。

1. 「やめると言う口の下から（いくちした）もうタバコに火（ひ）をつけた。」／才剛說要戒菸下一秒又立刻點起菸來。

2. 「ダイエットと言う口の下から（いくちした）ケーキを食（た）べた。」／才剛說要減肥下一秒又立刻吃起蛋糕來。

表示說話者才剛說了什麼什麼（類似喜好、保證、改善、要改掉的壞習慣等等，例如：戒菸。）的話後沒多久，尾音似乎都還在耳邊尚未消失，下一秒就又看到說話者自打嘴巴的最做了違反了方才自己所說的事情。

04月19日

言う事無し／再好不過。求之不得。

1. 「この出来上がりなら言う事無しだ。」／如果能完成是再好不過的了。
2. 「田中君が自分で行くって言ったの？もしそうなら言う事無しだ。」／田中先生說要自行過去?如果真是這樣的話，那就再好不過了。

形容事情的發生比自己預定的結果還要來的更好，有出乎想像之外、求之不得、沒什麼比這樣的結果更是我想要的了的意思，通常用於好上加好的情況下。也寫作「言う事なし」。

04月20日

言うだけ野暮／多此一舉。不用多說。

1. 「皆が暗黙のうちに了承していることを、取り立てて問題にするのは言うだけ野暮だ。」／把大家都知道的常識提出來當問題，真的是多此一舉。
2. 「亭主と他の女と一緒にホテルから出てくるのは、言うだけ野暮だ。」／看到丈夫和其他的女人一起從旅館出來，發生了什麼事也不用多說了。

形容事件的發生及原因都是大家心知肚明的事情，無需再多說。故意再提只是明知故問，對於這樣不懂得察言觀色只會自作聰明的一昧逞能，將會造成他人的反感。多用於負面的意思。

言(い)うに言(い)われない／不可言喻。

1. 「夕焼(ゆうや)けの言(い)うに言(い)われない美(うつく)しさ。」／夕陽西下的美麗是不可言喻的。
2. 「言(い)うに言(い)われない事情(じじょう)がある。」／有些事情是即使想說也不能說的。

有兩種解讀意思：1. 形容一些事物的美好或是內在深層的情緒，是無法用言語可以呈現的。2. 形容有些事情或許可以用言語表達，但它可能是因為存在著某些約定，或是說出來將會造成一些傷害，是屬於即使是想說也不能說的事情。

言(い)うに及(およ)ばず／不用說…就連…。理所當然。

1. 「国内(こくない)は言(い)うに及(およ)ばず、海外(かいがい)にまで知(し)られた作曲家(さっきょくか)。」／不用說國內，就連在海外也是無人不知無人不曉的作曲家。
2. 「幼児(ようじ)は言(い)うに及(およ)ばず、大人(おとな)も多数疫病(たすうえきびょう)に倒(たお)れた。」／不用說孩童了，就連許多大人也因此病倒了。

形容一些事物不必特意去說明、更沒有必要特地去強調就已經是眾所皆知的事情了。多用來表示事情的嚴重性（例如：病況）或者是人物、事件的重要性（例如：知名度）。

04月23日

言うに事を欠いて／該說的不說，不該說的偏偏又說。

1. 「言うに事を欠いて、本人の前であんな話をするなんて。」／有這麼多的事情可以說，卻偏偏要當著本人的面提起那件事。
2. 「言うに事を欠いて先生の悪口を言うとは！」／你嘴巴癢啊，沒事怎麼說起老師的壞話來了。

表示不要提起比較好的話題，卻刻意要在這個時間點故意提起，責備這些本來可以避免的話題。大多用於負面的意思，且通常帶有責難的口吻。

言うは易く行うは難し／知易行難。

實用語句

1. 「理想の実現とは、言うは易く行うは難しことだ。」／實現自己的理想是件知易行難的事。
2. 「早起きとは、大学生に対して言うは易く行うは難しことだ。」／早起對於大學生來說是件知易行難的事。

形容了解事物的道理很容易，做起來卻很困難。大多用在企圖激勵人心，特別叮嚀人要細心不可因為粗心大意而忽略細節的部分。較白話的用法為「言うことは行うことよりも易しい」。

04月25日

言うべきにもあらず／不用多說。

1. 「冬に雪の降りたるは言うべきにもあらず。」／不用說也知道冬天會下雪。
2. 「戦争の戦死は言うべきにもあらず。」／不用說也知道戰爭會死人。

形容事情的始末就如同大自然的自然現象般，都有其一定不變的演變道理，不用多說大家就都可以意會到的。大多用於大自然的自然現象，較白話的用法為「口出して言うまでもない」。

言うべくもあらず／一言難盡。

1. 「言うべくもあらぬ綾織物に絵をかきて。」／說不完的話就像作畫一般地在織物上呈現。
2. 「感情とは言うべくもあらず。」／感情的事是一言難盡的。

形容事情非常複雜，無法用簡單的幾句話或者是用三言兩語就能說清楚的。大多用於事業、情感等等無法一言道盡的情況下使用，例如：創業的過程所遭受的艱難，真是一言難盡。

04月27日

言(い)うまでもない／理所當然的。沒有必要多說。

1. 「まだ子供(こども)なんだから、遊(あそ)びが好(す)きなのは言(い)うまでもないことだ。」／還是小孩子嘛，當然喜歡玩。
2. 「歴史(れきし)を十分尊重(じゅうぶんそんちょう)すべきことは言(い)うまでもないことだ。」／對歷史當然應該給予充分的尊重。

形容事情的發生是理所當然、是本來就知道會這樣的，無論是事情的結論還是動向、過程等等，都是本該是如此。表示不用說也很清楚、不需要多問。

04月28日

言(い)うもおろか／沒必要多說。

1. 「地震(じしん)したとき逃(に)げるのは言(い)うもおろか。」／誰都知道地震來時要趕緊逃命。
2. 「健康(けんこう)のため運動(うんどう)するのは言(い)うもおろか。」／誰都知道為了健康一定要多運動。

形容事情的發生是理所當然、是本來就知道會這樣子的，無論是事情的結論還是動向、過程等等，都本該是如此。表示不用說也很清楚、再多說也只是更顯愚蠢。

言うも世の常／人之常情。人世無常。

1. 「計画である以上、やむを得ない事情が発生するのは言うのも世の常だ。」／即便計畫周全，就算發生不得已的變化也是人之常情。
2. 「言うのも世の常だが、人は何れこの世から去っていく。」／人事無常，每個人遲早都會離開這個世界。

類義句有「言えば世の常」「言えばおろか」。常用於表現人世間的無常，難以言喻的情況。略帶佛教觀念中的無常觀的概念。

言えた義理／（有立場、資格）說三道四。道人長短。

1. 「他人の事は言えた義理ではないのだ。」／我也沒有什麼資格對他人說三道四。
2. 「安いだから、文句を言えた義理ではないと思う。」／已經很便宜了，就別再抱怨了。

指吾人有立場或資格指責他人，對他人說教。大多使用於否定表現。句義及使用場合較偏向負面情況。

05月

- 05月01日
- 05月02日
- 05月03日
- 05月04日
- 05月05日
- 05月06日
- 05月07日
- 05月08日
- 05月09日
- 05月10日
- 05月11日
- 05月12日
- 05月13日
- 05月14日
- 05月15日
- 05月16日
- 05月17日
- 05月18日
- 05月19日
- 05月20日
- 05月21日
- 05月22日
- 05月23日
- 05月24日
- 05月25日
- 05月26日
- 05月27日
- 05月28日
- 05月29日
- 05月30日
- 05月31日

05月01日

言えば得に／欲言又止。難以言喻。

1. 「この話は言えば得に、言わなければ胸の中で穏やかにおさまらない。」／這段話令我欲言又止，但若不說出口心中又無法得到安寧。
2. 「この件に関しては言えば得に、でもこのままだといつまでも埒が明かない。」／關於這件事實在是難以言喻，但若這樣也只會一直曖昧不明下去。

「言えば得に」是古典用法，「得」是下二段動詞「得(う)」的未然形。「に」是打消的助動詞「ず」的連用形的古典用法。表示心中的想法雖想表達，卻無法順利說出。

05月02日

言えば更なり／（事到如今）不用多說。

1. 「言えば更なり、今さらわざわざ新たに言う必要もないのだ。」／不用再多說了，事到如今也沒有特地再講第二次的必要。
2. 「今回の結果については言えば更なり。」／關於這次的結果（已經很明顯）也不用再多說了。

強調早已提出忠告卻不被聽取，發展出的結果也非常明顯，木已成舟，無須再多說一次的意思。

05月03日

言えば世の常／人之常情。人生無常。

1. 「この気持ちは言えば世の常だが、あなたには何とも言えない。」／這份心情說起來也是人之常情，但對你卻難以用言語表達。
2. 「言えば世の常だと言うが、今の心境は複雑極まりだ。」／雖說人生無常，但此時此刻的心境實在是五味雜陳。

想法與心情難以使用言語具體表現，若化為言語後似乎便會失去其中真正想表達的部分，而成為極為普通的形式。

言わないことではない／不必多說。心照不宣。

1. 「前に言った事もあるけど、今はもう言わないことではない。」／之前我應該也提過，現在已是心照不宣了。
2. 「そうなるとあらかじめ言っておいたのに、言わないことではない。」／早就跟你說過會變這樣，也不必再多說什麼了。

此句偏於負面的用法較多，主要是指責對方無視自己的建言。對於事態發展彼此心裡都很明白，不必再多說。

言わぬが花／不說爲妙。沉默是金。

1. 「その噂について先は言わぬが花だ。」／關於那個傳聞，還是不說為妙。
2. 「風情を保つために、やはり言わぬが花だ。」／為了保有風情，還是別打破沉默了。

除了原義「不說為妙」與另一意思「沉默是金」表示視場合保持沉默的意思之外，也有「視時機及當下狀況刻意不表態，反而能使得事物更富有風趣韻味」的意思。

05月06日

言わぬは言うに優る／沉默勝於一切。

1. 「彼に本音を言わぬは言うに優るものだと思う。」／對他我想還是別把真正的想法說出來比較好。
2. 「この場合はまさに言わぬは言うに優る。」／現在這個情況正是沉默勝於一切。

形容與其將意見說出口，還不如保持沉默才是更好的選擇。具有有時這樣反而更顯得誠懇的意思。

05月07日

言わんばかり／吞吞吐吐。幾乎說出口來。表現出…態度。

1. 「彼は誘ってくれと言わんばかりの素振りだ。」／他看來似乎希望別人約他，但又吞吞吐吐的樣子。
2. 「あの人は自分が賢いと言わんばかりの態度だ。」／那個人一副自以為聰明的態度。

形容有話不說出口的樣子，但表現出來的表情、表現跟外在行動，卻又讓人感受到其明顯的態度。

05月08日

家柄より芋幹／靠家世不如靠自己。

1. 「家柄より芋幹、お金はやはり自分でコツコツ働いて貯めたほうがいいのだ。」／靠家世不如靠自己，錢還是自己打拚存起來比較好。
2. 「家柄より芋幹というように，家柄では、いざの時、腹の足しにはならないのです。」／正如「靠家世不如靠自己」所言，家世在有個萬一的時候，是不能填飽肚子的。

「家柄」是家世之意，「芋幹」是指芋頭的根莖，轉意為實在。兩個詞的最後一個字的發音皆是「がら」，用於押韻。形容與其靠良好家世，不如靠自己發跡比較實在。

息(いき)が合(あ)う／步調一致。合得來。有默契。

1. 「私(わたし)たちお互(たが)い息(いき)が合(あ)ったバッテリー。」／我們真是合得來的夥伴。
2. 「あの二人(ふたり)は息(いき)が合(あ)っている。」／那兩個人之間的默契絕佳。

意指用於兩人以上面對事情時所產生的默契，例如：在工作、運動與競賽中的合作等等。

05月10日

息(いき)が掛(か)かる／有人撐腰。有靠山。感受（對方）呼吸氣息。

1. 「彼(かれ)は社長(しゃちょう)の息(いき)が掛(か)かった人(ひと)なのだ。」／他是受社長庇護的人。
2. 「彼(かれ)に突然(とつぜん)息(いき)が掛(か)かるほど迫(せま)ってきた時(とき)、すごく緊張(きんちょう)した。」／突然被逼近到能感受他呼吸的近離時，我便相當緊張了起來。

一般多用於比喻其人有權力者的庇護，屬於稍微偏向負面的形容。而用於表現一般呼吸的動作，當然亦可使用。

05月11日

息が通う／有生氣。有活力。（作品）栩栩如生。

1. 「あの鳥が生き生きしている、実に息が通った作品だ。」／那隻鳥看起來就像是有生命，果真是栩栩如生的作品。
2. 「この画には彼の息が通っている。」／這幅畫作傳達出他的氣息及活力。

此句除了形容有生氣、有活力的狀態之外，比喻方面則多用於形容創作及作品的栩栩如生。

05月12日

息が切れる／斷氣。上氣不接下氣。（工作、事業）腰斬。

1. 「彼が走り続けて息が切れる。」／他一直持續奔跑以至於上氣不接下氣。
2. 「その会社は運転資金がないから、事業の半ばで息が切れる。」／那家公司因為營運資金不足，導致事業發展中途腰斬。

關於本慣用句中「中途腰斬」的意思，也有自己對於事物及目標無法長時間堅持，暗示沒有毅力的用法。

息が続く／努力不懈。有毅力。

1. 「大変だけど、そこそこ息が続くようになった。」／雖然很辛苦，但也總算是想辦法撐下來了。
2. 「長距離で走っているとき、息は続くのだが足が重くなって続かない。」／長距離賽跑的時候，呼吸雖然還能保持，但腳步越來越重以至於無法持續。

用於一般呼吸動作時，多用於潛水或者發聲的情況，指吸吐氣能長時間持續。用於形容事物時，則是指長時間持續的情況。

息が詰まる／屏息。大氣不出。呼吸困難。

1. 「会場がピリピリして、息が詰まるような雰囲気なのだ。」／會場氣氛緊張，幾乎令人無法呼吸。
2. 「ネクタイがきつすぎて息が詰まる。」／領帶繫得太緊，以至於呼吸困難。

除了一般使用於表現呼吸的動作之外，另外也形容心情緊張以至於呼吸困難的情況。

05月15日

息(いき)が長(なが)い／持續不斷。

1. 「今年(ことし)の紅葉(もみち)は去年(きょねん)と比(くら)べたら実(じつ)に息(いき)が長(なが)い。」／今年的楓葉跟去年相較，真的是長開不落。
2. 「あの息(いき)が長(なが)い作家(さっか)は良(い)い作品(さくひん)を出(だ)し続(つづ)けているね。」／那位長青作家一直持續出版品質良好的作品。

形容某個活動（例如：工作）或某個狀態（例如：自然景色）維持一定水準及品質，並且長時間的持續。也指具有耐心和毅力的意思。

05月16日

息(いき)が弾(はず)む／呼吸困難。上氣不接下氣。

1. 「彼女(かのじょ)はうれしくて息(いき)が弾(はず)む。」／她高興到上氣不接下氣。
2. 「運動(うんどう)はやや息(いき)が弾(はず)むくらいを目安(めやす)に行(い)くべきだ。」／運動應當到稍微呼吸急促的程度最為恰當。

常用於運動之下呼吸急促的樣子。除此之外，也形容因為情緒高漲而連帶影響到呼吸的情況。

息も絶え絶え／呼吸逐漸微弱。奄奄一息。

1. 「息も絶え絶えに、やっと山頂にたどり着いた。」／呼吸幾乎快要停止之時，總算抵達了山頂。
2. 「あの政治家の世論調査で不支持率が支持率を上回った。政権は息も絶え絶えだ。」／那個政治家的民意調查結果中，不支持率已超越了支持率，他的政權也已奄奄一息。

意指當下的呼吸幾乎只剩一口氣。也形容某件正在進行的事情，或正在持續的狀態即將結束的意思。

05月18日

息を入れる／透氣。歇一會兒。

1. 「走り続けて、息を入れる時間もなかった。」／一直持續奔跑，連休息的時間也沒有。
2. 「疲れたから、ここでちょっと息を入れよう。」／因為感到疲累了，在此稍事休息吧。

大部分都使用在長時間運動的狀態下，途中為了片刻休息放鬆而稍作暫停的情況。

05月19日

息(いき)を切(き)らす／呼吸急促。氣喘吁吁。大口呼吸。

1. 「彼(かれ)は何故(なぜ)か苦(くる)しそうに息(いき)を切(き)らしている。」／他不知為何呼吸急促，看來十分痛苦。
2. 「あいつが息(いき)を切(き)らして全力疾走(ぜんりょくしっそう)した。」／那傢伙大口呼吸以全力奔馳。

形容呼吸急促，大多用於形容激烈運動後大口喘氣的樣子。

05月20日

息(いき)を殺(ころ)す／隱藏氣息。屏息。

1. 「私(わたし)たち静(しず)かになり、息(いき)を殺(ころ)した。」／我們變得安靜，隱藏住了氣息。
2. 「この景色(けしき)は息(いき)を殺(ころ)す程(ほど)美(うつく)しかった。」／這片景色美得讓我們屏息。
3. 「物陰(ものかげ)から息(いき)を殺(ころ)して様子(ようす)をうかがう。」／躲在暗地裡屏息偷看情況。

除了單純地形容屏住呼吸之外，還有隱藏氣息的用法。同時也表示是處在十分緊張，不能有一絲鬆懈的情況之下。

05月21日 085

息を吐く／呼吸（吐氣）。喘口氣。放鬆。

1. 「彼は息を吐くように平気で嘘をつく人だ。」／他這個人說謊就像呼吸一樣自然。
2. 「息を吐く暇もないまま一日が終わってしまった。」／一整天絲毫沒有一刻放鬆便結束了。

用於形容單純的呼吸之外，也可以表現從緊張及壓力中解放，而鬆了一口氣的樣子。同時亦有稍作休息的意思。

息を継ぐ／呼吸（吸氣）。稍作休息。

1. 「ある程度の余裕を持って息を継いだほうがいいと思う。」／我想還是保持一定的餘力稍作休息比較恰當。
2. 「はじめて泳ぐので、まだうまく息を継ぐことが出来ない。」／因為是第一次游泳，還無法做到很順利的呼吸。

雖然也用於單純的呼吸動作，但與「息を吐く」不同的是，「息を吐く」是吐氣，而此句的「息を継ぐ」則是吸氣。兩者皆是呼吸的單方動作，所以皆可形容呼吸。另外，「息を継ぐ」也有稍作休息之意。

05月23日

息を詰める/憋氣。屏息以待。

1. 「人に見つからないように子供たちは木かげで息を詰める。」/孩子們為了不讓人找到，而憋著氣並躲在樹叢中。
2. 「一緒に息を詰めて勝負の成り行きを見守ろう。」/一起屏息以待這次勝負的揭曉吧。

除了單純形容憋氣的動作之外，也用於比喻極度緊張，不敢有一絲放鬆及喘息的樣子。

05月24日

息を抜く/喘口氣。歇息片刻。

1. 「強敵との対戦が続き、息を抜くことができない。」/與強敵持續對戰的情況之下，連一點喘息的機會都沒有。
2. 「息を抜いた場所が見つからない。」/找不到能夠歇息片刻的地方。

此句用於長時間持續專注於某件事情或維持某種狀態的途中，例如：競賽、工作狀態。

05月25日

意気相投ずる／意氣投合。志趣相投。

1. 「初対面だが、彼とは旧友のように意気相投じた。」／雖然是初次見面，和他卻是意氣投合、一見如故。

2. 「最初は意気相投ずる仲だと思ったが、そうでもなかった。」／原本還以為彼此志趣相投，才發現並非如此。

雖然類義語中也有「情意統合」一詞，但它與中文語意不同，中文的「情投意合」多使用於男女之情。在日本「情意統合」則單純指友誼，並不適用於戀愛對象。

05月26日

意気が揚がる／有氣勢。有幹勁活力。情緒激昂。

1. 「初めて自分ひとりでやる初仕事を任され、意気が揚がった。」／第一次被任命單獨工作，我感到幹勁十足。

2. 「やっと同点に追いついて相手の意気が揚がった。」／總算追平比分的對手情緒十分激昂。

此句也可以寫成「意気が上がる」與「意気が挙がる」。形容日常生活中有信心，幹勁十足的樣子。

05月27日

意地(いじ)が悪(わる)い／居心不良。壞心眼。

1. 「あのおじさんは人(ひと)が良(よ)さそうに見(み)えるが本当(ほんとう)は意地(いじ)が悪(わる)い。」／那個叔叔看起來很親切，其實為人居心不良。
2. 「彼女(かのじょ)にあんな質問(しつもん)をするなんて君(きみ)も意地(いじ)が悪(わる)いね。」／竟然問她那種問題，你也真是壞心眼哪。

在類義語中有「底意地(そこいじ)が悪(わる)い」一詞，若在第一個例句中，兩者通用。然而，單純的「意地(いじ)が悪(わる)い」是以任何角度來看都可指對方居心不良、壞心眼。但「底意地(そこいじ)が悪(わる)い」則更強調其人表面上待人和善，實則居心不良、表裡不一，負面評價更高。

意気天(いきてん)を衝(つ)く／幹勁衝天。意氣風發。

1. 「意気天(いきてん)を衝(つ)く兵士(へいし)たちが凱歌(がいか)を挙(あ)げた。」／幹勁衝天、意氣風發的軍人們高唱凱歌。
2. 「今回(こんかい)の試合(しあい)は意気天(いきてん)を衝(つ)く勢(いきお)いである。」／這次的比賽鬥志高昂。

形容幹勁及鬥志極為高昂的樣子。也常直接使用訓讀，成為四(よ)字熟語(じじゅくご)的「意気衝天(いきしょうてん)」。

05月29日

意気に燃える／鬥志昂揚。

1. 「彼は日本再建の意気に燃える。」／他對於重建日本感到鬥志昂揚。
2. 「あの人は常に進歩、向上の意気に燃える人だ。」／那個人總是為了要進步、向上而鬥志昂揚。

此句形容對於要去進行某件事情或某個目標，具有相當的鬥志及企圖。也有熱情洋溢的意思。

05月30日

石が流れて木の葉が沈む／浮石沉木。

1. 「政府の石が流れて木の葉が沈む態度に愕然します。」／我對政府浮石沉木、是非不分的態度感到十分驚訝。
2. 「理不尽な判決に対して、人々は「石が流れて木の葉が沈む世の中だ」と嘆きます。」／對於這種毫無道理的判決，人們皆感嘆世道有如浮石沉木，黑白不分。

比喻一件事不合情理，讓人難以信服，此句話還帶有「顛倒黑白、是非不分」之意。本句在日文中的語氣非常強烈，使用時會給人說話者對現狀十分失望的感覺。

05月31日

石で手を詰める / 進退兩難。

1. 「誠君は自分の優柔不断な態度のせいで、石で手を詰める状況になった。」／誠君因為自己優柔寡斷的態度，而陷入進退兩難的窘境。
2. 「前に行く手がない、後ろに追い手がいる。まさに石で手を詰める。」／前無去路，後有追兵。簡直就是進退兩難。

比喻難以行動，進退維谷。有時也會引申用來形容因太過貧窮，而什麼都不能做的情況。但後者的情況在一般文章中較為少見，普遍都是以前者的語意為主。

06月

- 06月01日
- 06月02日
- 06月03日
- 06月04日
- 06月05日
- 06月06日
- 06月07日
- 06月08日
- 06月09日
- 06月10日
- 06月11日
- 06月12日
- 06月13日
- 06月14日
- 06月15日
- 06月16日
- 06月17日
- 06月18日
- 06月19日
- 06月20日
- 06月21日
- 06月22日
- 06月23日
- 06月24日
- 06月25日
- 06月26日
- 06月27日
- 06月28日
- 06月29日
- 06月30日

石（いし）に齧（かじ）りついても／百折不撓。不畏艱苦。

1. 「志（こころざし）を立（た）てたからには、石（いし）に齧（かじ）りついても大業（たいぎょう）を成功（せいこう）させるはずだ。」／既然立下了志向，就該百折不撓，成就大業。
2. 「石（いし）に齧（かじ）りついても頑張（がんば）る。」／不畏艱苦，勇往直前。

比喻不論遇到任何困難與危險都要完成某件事。常用於說話者意圖讓對方了解自己強烈的決心，並宣示自己絕對不會放棄。也會用於激勵其他人的句子中。

石（いし）に灸（きゅう）／白費工夫。

1. 「諦（あきら）めろう。どう頑張（がんば）っても、石（いし）に灸（きゅう）だけだ。」／放棄吧！再怎麼努力也只是白費功夫。
2. 「こんな石（いし）に灸（きゅう）のような仕事（しごと）、もうやりたくないわ。」／我再也不想做這種白費功夫的工作了。

比喻某件事宛如幫石頭針灸，白費工夫。通常會用於勸人放棄、諷刺說話對象或是抱怨等比較負面的語句中。由於語氣十分負面，使用上必須謹慎，以免誤用或造成對方誤會。

06月03日

石に漱ぎ流れに枕す／強詞奪理。

1. 「お前が言った事は道理に合わない。まさに石に漱ぎ流れに枕すだ。」／你這傢伙講的話根本不合邏輯，簡直就是強詞奪理。
2. 「黙れ。もう石に漱ぎ流れに枕すのようなことをするな。」／閉嘴！別再強詞奪理了。

比喻明明理虧卻還不斷狡辯、強詞奪理。雖然本慣用句從字面上來看，應譯為「漱石枕流」，然而語意卻與中文慣用的「漱石枕流」截然不同，讀者在判斷此句語義時必須小心，不要誤解。

06月04日

石に立つ矢／精誠所至，金石爲開。

1. 「私は，あの難関司法試験に一回で合格した。石に立つ矢とは本当だなぁ。」／我一次就通過了困難的司法考試。真的是精誠所至，金石為開啊。
2. 「石に立つ矢の精神で最後まで頑張る。」／秉持著「精誠所至，金石為開」的精神努力到底。

比喻人只要有恆心，專注地進行某件事，就沒有辦不成的事。日文中通常用於鼓舞或勉勵對方等正面的語句之中，有時也會用來稱讚或恭維對方。

06月05日 095

石に布団は着せられず／子欲養而親不待。

1. 「親孝行したいときには親はなし、石に布団は着せられず。」／想對父母盡孝時父母卻都不在了，真是子欲養而親不待啊。
2. 「親が亡くなった後、石に布団は着せられずということが分かる。」／雙親過世後，才了解何謂子欲養而親不待。

原意指即便幫父母的墓碑蓋棉被，也不能盡孝。比喻等到父母去世後才想要盡孝就來不及了。這裡的「石」指的是父母的墓碑。

石に枕し流れに漱ぐ／枕石漱流。

1. 「時間に追われている毎日から逃げて、石に枕し流れに漱ぐ生活をしたい。」／真想逃離忙碌的每一天，過著枕石漱流的生活。
2. 「あの爺さんはこの山に住んで、毎日石に枕し流れに漱ぐ生活をした。」／那個老伯住在這座山中，每天過著枕石漱流的生活。

比喻遠離俗世，過著隱居山林，自由自在的生活。此用語也含有說話者對現在的生活感到厭倦，希望找個地方隱居的意思。

06月07日

石の上にも三年／有志者事竟成。

1. 「耐えろ。石の上にも三年。」／忍耐！有志者事竟成啊。
2. 「どう頑張っても、売れ子芸人にならない。石の上にも三年って本当か。」／再怎麼努力依舊無法成為人氣諧星。有志者事竟成是真的嗎？

原意為再冷的石頭，坐上三年也會變熱。比喻不管多麼辛苦，只要堅持下去、努力不懈，必定能有所成就。此用語帶有鼓勵的語氣，常用於自我勉勵或替他人打氣。

石を抱きて淵に入る／自討苦吃。自尋死路。

1. 「体調が悪いのに、無理するな。石を抱きて淵に入ることをしないでくれよ。」／身體明明就不好，就不要逞強。別做些自討苦吃的事嘛。
2. 「彼は台風が来る時に、海に出て船釣りをした。まるで石を抱きて淵に入る。」／他在颱風來臨時，仍舊出海釣魚。簡直是自尋死路。

原意為抱著石頭跳河，比喻一個人自己找罪受，或是指人自尋死路。通常用於批判或是斥責之時。

06月09日

意地に掛かる／固執己見。

1. 「意地に掛かるっても事件の真相を知りたくなってるんだ。」／即便固執己見，我仍想知道案子的真相。
2. 「意地に掛かると言われっても、俺も諦めず。」／就算被說是固執己見，我也不會放棄。

比喻堅持自己的想法，毫不退讓。常用來形容一個人不聽旁人意見或勸告，強硬地讓事情依自己的想法進行。

06月10日

意地になる／一意孤行。

1. 「少年よ、意地になるなよ。」／年輕人，不要一意孤行啊。
2. 「意地になって、反対する。」／一意孤行地反對到底。
3. 「なんでそんなことに意地になるのか。」／為什麼對那種事那麼地執著？

形容固執地堅持自己的想法，不聽任何建議，按照自己的意思做某件事。此句話帶有批判的意味。

06月11日

意地(いじ)を張(は)る／頑固不通。冥頑不靈。

1. 「つまらない事(こと)に意地(いじ)を張(は)るな。」／不要在無謂的事情上頑固不通。
2. 「もしあの時(とき)、お前(まえ)が意地(いじ)を張(は)らなければ、何(なに)かが変(か)わったと思(おも)いますか。」／你不覺得要是當時你不那麼冥頑不靈的話，事情就能有所轉圜嗎？

形容一個人頑固地堅持自身想法，硬是要讓事情依自己所想去推動。多用於批判或提醒他人時使用。

06月12日

何(いず)れ劣(おと)らぬ／不分軒輊。

1. 「今回(こんかい)の参加者達(さんかしゃたち)は何(いず)れ劣(おと)らぬ強者(きょうしゃ)ぞろい。」／本次的參加者實力不分軒輊，各個都是強者。
2. 「何(いず)れ劣(おと)らぬ力作(りきさく)ぞろい。」／這些作品不分軒輊，件件都是精妙之作。

比喻每個都很優秀，很難分辨優劣。多是用於讚美之時。日文中常以「いずれ劣(おと)らぬ…ぞろい」這樣的用法來稱讚每個對象都十分優秀。

何(いず)れともなし／不分上下。

1. 「今回(こんかい)のテストの点数(てんすう)は何(いず)れともなし。みんなゼロ点(てん)だ。」／這次考試的分數大家都不分上下，統統是零分。
2. 「このレストランの料理(りょうり)は何(いず)れともなし。全部美味(ぜんぶおい)しいだ。」／這間店的料理全部都很好吃。

比喻比較之後仍然難以辨其優劣。與「何(いず)れ劣(おと)らぬ」相比，本句語氣較為中性，不僅能用來稱讚，也能用來批評某事。

06月14日

何(いず)れにしても／總之。不管怎樣。

1. 「何(いず)れにしても、もう一度会(いちどあ)ってよく話(はなし)をしよう。」／不管怎樣，再見個面好好談談吧。
2. 「何(いず)れにしても、今回(こんかい)は君(きみ)が悪(わる)い。」／總之，這次是你的錯。
3. 「何(いず)れにしても、日本人(にほんじん)が北欧諸国(ほくおうしょこく)の言語(げんご)を習得(しゅうとく)することは容易(ようい)とは言(い)えません。」／總之，日本人學習北歐各國的語言可說並不容易。

比喻不論狀況如何，某件事都不會有變化。本句是口語用法，書面用法為「何(いず)れにせよ」。

06月15日

急がず休まず／不疾不徐。穩步前進。

1. 「焦るな。急がず休まず、前に進もう。」／別急！穩步前進吧。
2. 「この料理は厳選素材を、伝統の製法で、急がず休まず、丁寧に漬け込みました。」／這道菜乃是精選的食材以祖傳作法，不疾不徐，精心醃製而成。

比喻某人不疾不徐，不起眼卻又認真地努力向前的樣子。也能用來形容一個緩慢卻又穩定的進程。

06月16日

急がば回れ／欲速則不達。

1. 「急がば回れだよ。ちゃんと説明書を読んで、より早く上手になれるだろう。」／欲速則不達喔。好好地讀一遍說明書，才能更快熟悉才是。
2. 「最短だと思うルートを選択して、結局遅刻した。急がば回れは本当だ。」／我選擇了感覺是最近的路線，結果遲到了。真的是欲速則不達。

比喻急切地想要達成某事時，比起危險卻快速的方法，緩慢但安全的作法反而能更快達到目的。通常用於告誡他人不要焦急，放穩腳步就能達成目標。

06月17日

鼬（いたち）の最後（さいご）っ屁（ぺ）／最後一招。狗急跳牆。窮鼠囓貓。

1. 「ぼくを理解（りかい）してくれなかった人（ひと）たちに、鼬（いたち）の最後（さいご）っ屁（ぺ）をお見舞（みま）いしてやるぞ。」／我將對那些不肯理解我的人們，用上最後一招。
2. 「鼬（いたち）の最後（さいご）っ屁（ぺ）をしても、無駄（むだ）だ。」／狗急跳牆也是沒用的。

原指鼬鼠在陷入險境時，會放出惡臭，企圖以此驅散敵人，逃出生天。比喻人在面臨困境時，會做出的非常行為。

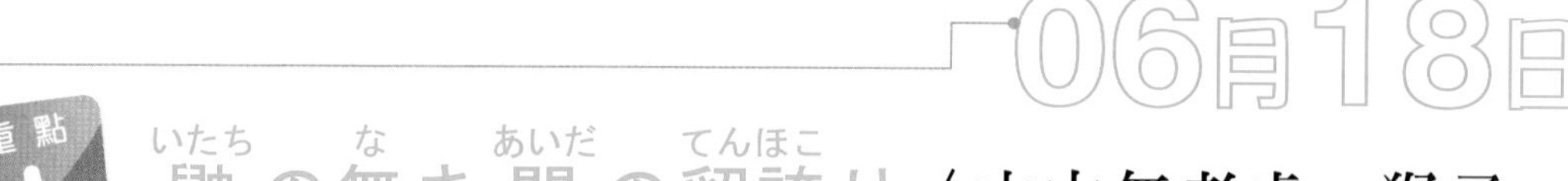

鼬（いたち）の無（な）き間（あいだ）の貂誇（てんほこ）り／山中無老虎，猴子稱大王。

1. 「奴（やつ）はいつも偉（えら）そうな態度（たいど）をしてるけど、実（じつ）に鼬（いたち）の無（な）き間（あいだ）の貂誇（てんほこ）りだ。」／那傢伙總是擺出一副目中無人的態度，但不過是山中無老虎，猴子稱大王罷了。
2. 「鳥（とり）がいないと、蝙蝠（こうもり）が空（そら）で威張（いば）る。まるで鼬（いたち）の無（な）き間（あいだ）の貂誇（てんほこ）りだ。」／鳥一不在，蝙蝠就在天上囂張。簡直就是山中無老虎，猴子稱大王。

原指天敵鼬鼠一不在，貂就囂張跋扈。比喻畏懼的東西消失後，無所顧忌的樣子。通常用於奚落別人。

06月19日

鼬(いたち)の目陰(まかげ)／懷疑的眼神。

1. 「警察(けいさつ)は鼬(いたち)の目陰(まかげ)で私(わたし)を見(み)ている。」／警察用懷疑的眼神看著我。

2. 「俺(おれ)は犯人(はんにん)じゃない。鼬(いたち)の目陰(まかげ)をするな。」／我不是犯人，別用懷疑的眼神看我。

意指用鼬鼠的眼光看人，引申為眼神中充滿不信任。也用來形容一手放在眼上遮住陽光，往遠處看的樣子。

06月20日

鼬(いたち)の道(みち)／斷絕關係。音訊全無。

1. 「この国(くに)に異議(いぎ)を唱(とな)えて、集団(しゅうだん)を外(はず)れる人間(にんげん)たちは鼬(いたち)の道(みち)という罰(ばつ)を受(う)ける。」／在這個國家，主張不同意見、離開團體的人們就會受到斷絕關係的懲罰。

2. 「お兄(にい)さんはアメリカへ行(い)った後(あと)、鼬(いたち)の道(みち)になり、誰(だれ)にも全然連絡(ぜんぜんれんらく)しない。」／兄長前往美國後，就音信全無，完全不與任何人聯絡。

在日本的民間傳說中，鼬鼠一旦自己習慣走的路被阻斷，就再也不會走那條路。引申為雙方關係斷絕，或是某人渺無音信。

鼬(いたち)の道(みち)切(き)り／不祥之兆。斷絕關係。音訊全無。

1. 「昔(むかし)の人(ひと)は日蝕(にっしょく)が鼬(いたち)の道(みち)切(き)りだと信(しん)じていた。」／以前的人認為日蝕乃是不祥之兆。
2. 「今(いま)からお前(まえ)と鼬(いたち)の道(みち)切(き)りになって、二度(にど)と連絡(れんらく)しないで。」／現在開始我與你恩斷義絕，不要再來找我。

在日本的民間傳說中，在路上看到鼬鼠就會發生不好的事。用來比喻不祥之兆。本句也有與「鼬(いたち)の道(みち)」相同的意思。

一難(いちなん)去(さ)ってまた一難(いちなん)／一波才平一波又起。

1. 「ようやくアメリカの経済危機(けいざいきき)が終(お)わったが、一難(いちなん)去(さ)ってまた一難(いちなん)、今度(こんど)はイタリアのお金(かね)が底(そこ)につく。」／美國經濟危機好不容易結束了，然而一波才平一波又起，這次是義大利的錢快用光了。
2. 「一難(いちなん)去(さ)ってまた一難(いちなん)、息子(むすこ)が退院(たいいん)したと思(おも)ったら今度(こんど)は娘(むすめ)がケガをして入院(にゅういん)してしまった。」／一波才平一波又起，才想說兒子出院了，這次換女兒負傷住院。

比喻災難或倒楣的事接二連三的到來。通常是在敘述真的非常嚴重或倒楣的事情，才會使用這一句話。

06月23日

一か八か（いちばちか）／碰運氣。聽天由命。

1. 「ここは一か八か（いちばちか）の大勝負（おおしょうぶ）に打（う）って出（で）るか。」／現在要進入聽天由命的關鍵局面嗎？
2. 「どっちにしても引（ひ）っ越（こ）したら会（あ）えなくなるし、一か八か（いちばちか）で告白（こくはく）してみよう。」／反正搬家後也不能再見面，就碰碰運氣告白看看吧。

原本是日本賭博用語，將「丁」與「半」二字各取一部分，變成「一」與「八」。比喻命運由天定，結果就不計較了。通常用於成功率不高，或成功後能獲得莫大報酬時使用。

06月24日

一から十まで（いちからじゅうまで）／完全。自始自終。

1. 「あの人（ひと）の命令（めいれい）に一から十まで（いちからじゅうまで）服従（ふくじゅう）しなければならない。」／我必須完全服從那個人的命令。。
2. 「一から十まで（いちからじゅうまで）間違（まちが）っていた。」／你完全誤會了。
3. 「一から十まで（いちからじゅうまで）友人（ゆうじん）に頼る（たよる）。」／全都依靠朋友。

比喻某件事從頭到尾都是由同一個人進行，也能用來形容「全部」或「整體」。

06月25日

一金二男（いちきんになん）／財力第一，長相第二。

1. 「私（わたし）には、一金二男（いちきんになん）だと思（おも）います。」／我還是覺得男人的財力比長相重要。
2. 「この一金二男（いちきんになん）の女（おんな）。」／這個愛錢的女人。
3. 「遊郭（ゆうかく）などで女（おんな）を得（え）るには、一金二男（いちきんになん）ということだ。」／在風月場所想得到女人的青睞是財力第一、長相第二。

比喻女性在擇偶時，比起長相，更傾向選擇有錢的男人，也能用來形容女性愛錢。這句話用於形容女性時，帶有奚落、批評的語氣。

06月26日

一（いち）と言（い）って二（に）とない／前無古人，後無來者。

1. 「一（いち）と言（い）って二（に）とない天才（てんさい）。」／前無古人，後無來者的天才。
2. 「彼（かれ）は本当（ほんとう）の一（いち）と言（い）って二（に）とない強者（きょうしゃ）だ。」／他是真正的絕世高手。
3. 「一朗（いちろう）は一（いち）と言（い）って二（に）とない野球選手（やきゅうせんしゅ）です。」／一朗是位空前絕後的棒球選手。

比喻某人或某事極度優秀、出類拔萃，沒有別的人或事能超越他。通常用於形容非常優秀，或是形容狀況非常極端時。

06月27日

一(いち)にも二(に)にも／專注。首先。

1. 「試合(しあい)を勝(か)ちたいなら、一(いち)にも二(に)にも練習(れんしゅう)しろう。」／想贏得比賽，就給我專心練習。
2. 「仕事(しごと)を心配(しんぱい)するより、一(いち)にも二(に)にも健康(けんこう)が大切(たいせつ)だ。」／比起擔心工作，首先要重視健康。

比起其他事情，更應該優先專心致志於某件事。通常用於形容一件事重要度非常高，也能用於形容專心的樣子。

06月28日

一日(いちにち)逢(あ)わねば千秋(せんしゅう)／一日不見，如隔三秋。

1. 「ただ一日逢(いちにちあ)わないだけで、千年(せんねん)に逢(あ)わないような感(かん)じをする。一日逢(いちにちあ)わねば千秋(せんしゅう)というのはそういうものだろう。」／只不過一天沒見，卻感覺像是好幾千年沒見一樣。所謂的「一日不見，如隔三秋」應該就是這麼一回事吧。
2. 「一日逢(いちにちあ)わねば千秋(せんしゅう)の気持(きも)ちを耐(た)えないので、彼女(かのじょ)の仕事場(しごとば)に来(き)た。」／由於無法忍受相思之苦，於是來到女友的工作場所。

比喻不過短時間沒見面，卻感覺像是過了極長的一段時間一樣。通常用於形容戀人間的相思之情。

一の裏は六（いちのうらはろく）／否極泰來。樂極生悲。

1. 「今年（ことし）はいくら運（うん）が悪（わる）くても、来年（らいねん）は必（かなら）ず良い事（こと）に逢（あ）えるんだぞ。一の裏は六（いちのうらはろく）ということさ。」／今年再怎麼倒楣，明年一定會遇上好事的啦。這就是所謂的否極泰來嘛。
2. 「彼女（かのじょ）はこのままのさばり返（かえ）っていたらいつかひどい目（め）に遭（あ）うんだ。一の裏は六（いちのうらはろく）だから。」／她再這麼氣燄囂張下去，總有一天會嚐到苦頭的。樂極生悲就是這樣。
3. 「一の裏は六（いちのうらはろく）というように、いい運（うん）がすぐ回（まわ）ってくるから。」／俗話說，否極泰來，好運馬上就會降臨的。

由於骰子的最大數字一和最小數字六是相對的兩個面，一的背面是六，六的背面是一，用來比喻世上不會盡是好事或壞事。比喻連續好事之後一定會有壞事，一連串的壞事之後一定會有好事。類似中文的「否極泰來」（壞至好）、「樂極生悲」（好至壞）等成語。

06月30日

一姫二太郎（いちひめにたろう）/頭胎女兒，次胎男。

1. 「私（わたし）は弟（おとうと）と2人兄弟（ふたりきょうだい）だから、家（うち）が一姫二太郎（いちひめにたろう）です。」／我家兄弟姊妹就我姐弟倆，正好是頭胎女兒次胎男。
2. 「あの家（いえ）は一姫二太郎（いちひめにたろう）だから、ちょうど女（おんな）の子（こ）一人（ひとり）、男（おとこ）の子（こ）一人（ひとり）なんだ。」／他們家是頭胎女兒次胎男，一女一男恰恰好。

古時有女孩子生下來比男孩子好照顧、乖巧不易哭鬧的說法，因此先生女孩再生男孩被認為是理想的順序。有時也會用在安慰想生男孩卻先生了女孩的家庭。這裡指的是姊弟的出生順序，在這家中有一個姊姊一個弟弟的意思，不是指一個女孩有兩個兄弟。

07月

- 07月01日
- 07月02日
- 07月03日
- 07月04日
- 07月05日
- 07月06日
- 07月07日
- 07月08日
- 07月09日
- 07月10日
- 07月11日
- 07月12日
- 07月13日
- 07月14日
- 07月15日
- 07月16日
- 07月17日
- 07月18日
- 07月19日
- 07月20日
- 07月21日
- 07月22日
- 07月23日
- 07月24日
- 07月25日
- 07月26日
- 07月27日
- 07月28日
- 07月29日
- 07月30日
- 07月31日

一富士二鷹三茄子（いちふじにたかさんなすび）／一富士、二老鷹、三茄子。新年吉夢好兆頭。

1. 「初夢（はつゆめ）で一富士二鷹三茄子（いちふじにたかさんなすび）全部（ぜんぶ）見た。今年（ことし）は大吉（だいきち）だ。」／新年第一天晚上就夢到富士山、老鷹和茄子了，今年一定大吉大利。
2. 「初夢（はつゆめ）に縁起（えんぎ）が良（よ）いものといえば一富士二鷹三茄子（いちふじにたかさんなすび）だね。」／說到新年初夢的吉兆，就是富士山、老鷹和茄子這三樣東西了。

「初夢（はつゆめ）」是指新年第一天晚上所作的夢（依照習俗，除夕到元旦通常都守歲不睡，因此現在「初夢（はつゆめ）」的時間是指元旦到一月二日之間的晚上）。傳說在「初夢（はつゆめ）」裡夢到富士山、老鷹和茄子這三樣東西，是非常吉利的象徵，因為富士山是日本最高的山，老鷹是最勇猛的鳥類，而「茄子（なすび）」的發音與「成（な）す」接近，所以若三樣都夢到，新的一年一定大吉大利。

07月02日

一も二もなく／二話不說。

1. 「あなたの頼みだからといって、一も二もなく引き受けるわけにはいかないわ。」／就算是你拜託的，我也不能說接就接。
2. 「一も二もなく承諾したんだから、ちゃんと最後まで責任を取りなさいよね。」／既然你二話不說地下了保證，那可就要負責到底。

意指對於所委託的事情，毫不猶豫地便承接下來。同義語有「即座に」「二つ返事で」等詞。

一を聞いて十を知る／聞一知十。

1. 「一を聞いて十を知るとは、さすがに神童と呼ばれるだけのことはある。」／居然能夠聞一而知十，真不辜負其神童之美譽。
2. 「昔は一を聞いて十を知るほどの賢い子だったが、今や過去の栄光をひたすらに浸るだけの凡愚に成り果ててしまった。」／昔日聞一而能知十的聰明孩子，如今卻淪落成一昧地緬懷過往榮光的愚鈍之輩。

此句出自於《論語》公冶長篇，用以形容一個人頭腦聰穎、理解快速，光只是獲得片面的情報，就足以理解事物的全貌。

市(いち)に帰(き)するが如(ごと)し／有能者，人則聚之。

1. 「常(つね)に優柔不断(ゆうじゅうふだん)の林(りん)さんよりも、みんなはやはりカリスマ性(せい)のある李(り)さんに仕(つか)えたがっている。市(いち)に帰(き)するが如(ごと)しというわけだ。」／比起優柔寡斷的林先生，大家果然還是比較想要在具有領袖氣質的李先生底下工作。有能者，人則聚之就是這個道理。

2. 「みんながみんな彼(かれ)の元(もと)に集(たか)り寄(よ)せるのは、ほかならぬ彼(かれ)が優秀(ゆうしゅう)で有能(ゆうのう)だからだ。まさに市(いち)に帰(き)するが如(ごと)しなんだな。」／大家之所以會聚集到他的身旁，無非就是因為他具有的優秀能力。正所謂有能者，人則聚之。

此句的典故出自於《孟子》梁惠王・下篇中的「仁人也。不可失也。從之者如歸市也」之段落。比喻有德者的身旁人們紛紛慕名而來的情況，就猶如平時人們會聚集在市集一般地自然。

市に虎あり／三人成虎。

1. 「そんな噂を信じられるなんて、市に虎ありは本当に恐ろしいことだ。」／這種謠言竟然有人相信，三人成虎真是可怕的事情啊。
2. 「彼の評価を信じないほうがいい、市に虎ありかもしれない。」／不要太相信他的評價，可能是三人成虎的謠言。

此慣用句的典故來自《戰國策·魏策二》，也就是中國成語的「三人成虎」。

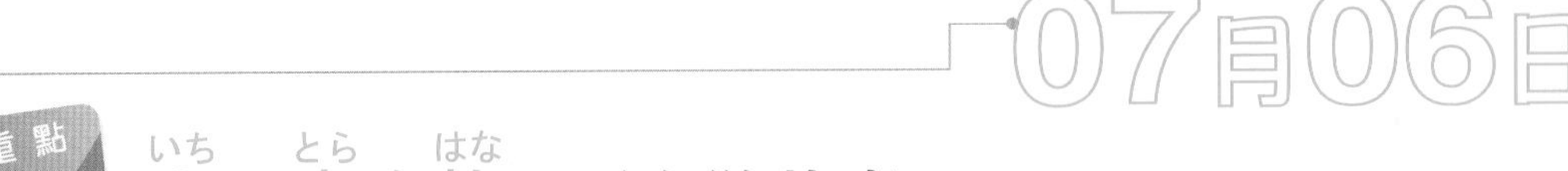

07月06日

市に虎を放つ／危險的事。

1. 「その戦略をしたいけど、市に虎を放つことだ。」／雖然想實行這個戰略，但非常危險。
2. 「命が惜しいなら、そんな市に虎を放つことしないてください。」／珍惜生命的話，請不要去做那麼危險的事。

如同字面上的意思，把老虎放到市集裡，比喻極為危險的事。

市(いち)を成(な)す／門庭若市。聚集很多人。

1. 「このレストランが大人気(だいにんき)で、いつも市(いち)を成(な)す。」／這個餐廳很受歡迎，總是門庭若市。
2. 「レストランに市(いち)を成(な)すの奥(おく)の手(て)を教(おし)えてください。」／請告訴我讓餐廳門庭若市的祕訣。
3. 「見物客(けんぶつきゃく)が市(いち)を成(な)す。」／聚集了很多觀光客。

此慣用句是由「門前市(もんぜんいち)を成(な)す」這句話而來的，也就是大家耳熟能詳的「門庭若市」。

一二(いちに)を争(あらそ)う／數一數二。

1. 「かれは我(わ)が社(しゃ)で一二(いちに)を争(あらそ)うセールスマンです。」／他在我們公司是數一數二的業務員。
2. 「この店(みせ)は名古屋(なごや)では一二(いちに)を争(あらそ)う天(て)ぷら屋(や)です。」／這家店是名古屋數一數二的天婦羅店。
3. 「あの町(まち)は東海岸(ひがしかいがん)で一二(いちに)を争(あらそ)う漁港(ぎょこう)だ。」／那個城鎮是東海岸數一數二的漁港。

此慣用句是指不是爭第一，就是爭第二。亦指該人事物非常地優秀，不是位居第一名，就是位居第二名。

07月09日

一念天に通ず／至誠感動天。

1. 「彼女は、反対する両親に説得を続けるうち、一念天に通ず、両親もやっと結婚に賛成してくれた。」／她在持續不懈地向父母說服下，至誠感動天，她的父母終於同意她的婚事。
2. 「やはり一念天に通ず、彼は大勝利をおさめるのである。」／果然誠心可動天，他獲得了很大的勝利。

意指付出努力並誠心相信，則必定會成功的信念。意思近似「愚公移山、滴水穿石」。

一枚噛む／參一腳。

1. 「その計画には当初から一枚噛んでいる。」／我一開始就在這計畫中參了一腳。
2. 「どうも彼はその件に一枚噛んでいるようだ。」／那件事裡他多少也有份。

在某個工作或某個計劃中，擔任其中一個角色。此慣用句具有強調「雖非擔任要角，但有參與其中。」的意思。須注意的是，通常用在不好的意思上，也有「在不好的事情裡也有份」，跟不好的事情扯上了關係的意思。

一家を機杼す（いっかをきちょす）／自立門戶。自成一格。

1. 「独自（どくじ）の言論（げんろん）で一家を機杼す。」／因為獨特的言論而自成一格。
2. 「特有（とくゆう）な技法（ぎほう）で一家を機杼す。」／因為特有的技法而自成一格。

比喻從某一團體中獨立出來自成一家。大多指本為同一專業領域，又在此專業領域表現得比他人更為出色。因此被大家獨立出來另做歸類，或是自行獨立後自立門戶、自成一格。

07月12日

一家を成す（いっかをなす）／自立門戶。自成一家。

1. 「結婚（けっこん）して一家を成すのは夢（ゆめ）だ。」／夢想是結婚後組織一個家庭。
2. 「日本画（にほんが）で一家を成した大師（だいし）。」／成為日本畫中的一派大師。

有兩種解讀意思：1. 組成一個家庭、擁有一個家庭、成家、自成一家的意思。2. 成為學術界或者是藝術界等專業領域方面的權威，自立門派、自成一派的意思。

07月13日

一寸先は闇／世事難料。深不可測。

1. 「今手がけている事業がどうなるか、一寸先は闇だ。」／現在這一手打造起來的事業未來會變得如何呢？世事難料誰也不知道。
2. 「人生は一寸先は闇だ。」／人生真的是世事難預料。

形容事情的現在或是未來，都沒有一定的答案，是無法先行探測或預知的。另有深到無法測量出來，很多事情是非常深遠無法預測得知的意思。

07月14日

一寸下は地獄／比喻在船上工作的危險。

1. 「漁夫の仕事は一寸下が地獄だ。」／漁夫的工作是很危險的。
2. 「船乗りという仕事が一寸下は地獄から、気付かないといけません。」／必須坐船的工作是相當危險的，不小心謹慎不行。

此慣用句另一說法是「板子一枚下は地獄」，如同字面上意思，也就是說一片船板下面就是深海地獄，海上工作是非常危險的。

07月15日

一寸の光陰軽んずべからず／一寸光陰不可輕。

1. 「一寸の光陰軽んずべからず。午前中、入学式があり、新入生たちと、震災で犠牲になられた方々に黙祷を捧げました。」／一寸光陰不可輕。上午開學儀式時跟新生一起對震災中犧牲的人們默禱。
2. 「少年老い易く学成り難し、一寸の光陰軽んずべからず。」／少年易學老難成，一寸光陰不可輕。

此句源自於朱熹的《偶成》，意思也跟其相同，都是希望人們能夠珍惜時間的意思。

07月16日

一寸延びれば尋延びる／先苦後樂。

1. 「一寸延びれば尋延びる。何があろうと前向きに前進したいと思っております。」／先苦後樂，不管發生什麼，我想都要樂觀的向前進才是。
2. 「一寸延びれば尋延びる、目前の困難を乗り越えてください。」／先苦後樂，請突破眼前的困難。

此句的意思為先想辦法度過眼前的困難的話，之後就輕鬆了的意思，多用在激勵的情況。

07月17日

一寸(いっすん)の虫(むし)にも五分(ごぶ)の魂(たましい)／蜂蠆有毒。窮鼠齧貓。

1. 「一寸(いっすん)の虫(むし)にも五分(ごぶ)の魂(たましい)、負(ま)け組(く)みがんばれ。」／窮鼠齧貓，失敗的隊伍加油啊。
2. 「一寸(いっすん)の虫(むし)にも五分(ごぶ)の魂(たましい)と思(おも)って、自分(じぶん)を励(はげ)まし奮起(ふんき)することは健全(けんぜん)なことと思(おも)います。」／想起窮鼠齧貓這句話，我想激勵自己振作是很正常的事情。

此句指即使再弱小的存在，也有其厲害之處，不能輕視的意思。

一石(いっせき)を投(とう)じる／引起迴響。

1. 「大統領(だいとうりょう)の発言(はつげん)が緊張(きんちょう)する両国(りょうこく)の関係(かんけい)に一石(いっせき)を投(とう)じた。」／總統的發言無疑是在兩國緊張的關係上投下了震撼彈。
2. 「彼(かれ)の作品(さくひん)は日本文壇(にほんぶんだん)に一石(いっせき)を投(とう)じる。」／他的作品在日本文壇上掀起了一股熱潮。

以從湖面丟一顆石頭所造成的漣漪，來比喻一個舉動所造成的影響和迴響，相似的句子有「波紋(はもん)を投(とう)じる」。

一杯食（いっぱいく）う／中計。被騙。

1. 「油断（ゆだん）してまんまと一杯食（いっぱいく）った。」／一個疏忽不小心被騙了。
2. 「大人（おとな）しい彼女（かのじょ）はよくネット通販（つうはん）の落（お）とし穴（あな）に一杯食（いっぱいく）った。」／乖乖牌的女友常常落入網購的陷阱。

此句和「一杯食（いっぱいく）わせる」的意思和用法相近，但「一杯食（いっぱいく）う」是中了別人的陰謀或詭計之意，和「一杯食（いっぱいく）わせる」並不相同。

一杯食（いっぱいく）わせる／欺騙。騙人。

1. 「年寄（としよ）りに一杯食（いっぱいく）わせる詐欺集団（さぎしゅうだん）が横行（おうこう）している。」／欺騙老人家的詐欺集團橫行街頭。
2. 「良（よ）さそうな人（ひと）を信（しん）じてしまい、一杯食（いっぱいく）わされた。」／相信看起來誠實的人，小心吃大虧。

和「一杯食（いっぱいく）う」的意思和用法相近，但「一杯食（いっぱいく）わせる」是使用詭計來讓別人上當，和「一杯食（いっぱいく）う」並不相同。

07月21日

命(いのち)あっての物種(ものだね)／生命第一。

1. 「命(いのち)あっての物種(ものだね)だから、少(すこ)しはお酒(さけ)を控(ひか)えたほうがいい。」／生命第一，所以還是少喝點酒吧。
2. 「金(きん)が欲(ほ)しいけれど、『命(いのち)あっての物種(ものだね)』って言(い)うじゃないか。」／雖然我很想要錢，但性命更重要不是嗎？

是指死掉的話就什麼都不能做，所以要避免危險，珍惜自己的生命。通常用於勸人不要冒險，也會用於勸告他人注意自己的身體健康。

命(いのち)の洗濯(せんたく)／放鬆一下。

1. 「一緒(いっしょ)に旅(たび)に出(で)て命(いのち)の洗濯(せんたく)をしろう。」／一起出去旅行，放鬆一下吧。
2. 「温泉(おんせん)へ行(い)って命(いのち)の洗濯(せんたく)したい。」／好想泡個溫泉放鬆一下。

形容將日常生活的疲倦與壓力洗去，悠閒的樣子。通常用於想從一件令人疲倦或有壓力的事情脫離，好好放鬆一下之時。

07月23日

命から二番目／僅次於生命的寶物。

1. 「彼女は着物が命から二番目だ。」／衣服對她來說是僅次於生命般地重要。
2. 「お爺さんにとって、家の前にある畑は命から二番目に大切なものだ。」／對爺爺來說，我家前面的那塊田地是僅次於他性命一般重要的東西。

形容某物對某人來說，僅次於生命般地重要。通常只有在強調某個東西對自己或某人真的非常重要時，才會用到這句話。

07月24日

命長ければ恥多し／苟延殘喘。

1. 「あの年齢まで現役を続けることは大変なことだろうが、戦績はばらばらだ。命長ければ恥多しだね。」／這把年紀還留在軍隊裡看來風光，經歷過的戰役卻說來慚愧。可說是苟延殘喘。
2. 「あの人が苦しかった時のに助けてあげなかった。命長ければ恥多し。」／在他艱困之時卻沒伸出援手，是我心裡一輩子的疙瘩。

意指活得愈久，只會徒增內心的愧疚。「長生きは恥多し」為其同義語。

07月25日

命なりけり／詠歎生命。

1. 「自然には命なりけりと感動させてもらう事が度々ある。」／大自然經常讓我深刻感受到生命的奧義。
2. 「春ごとに花のさかりは命なりけり。」／花朵在春天盛開，綻放出美麗的生命。

用於強調「生命」一詞。意味著生命賦予了一切，沒有生命一切都只是空談。

07月26日

命に替える／拼命。死命地。

1. 「命に替えて約束を守る。」／我用我的性命做擔保。
2. 「彼は命に替えてもこの会社を譲れない。」／就算要他死，也不願意把這個公司賣出去。
3. 「命に替えてきみをまもる。」／拼了命也要守護你。

指不達到某種目的就永遠不放棄，就算威脅到自己的生命也不為所動。

命は義によりて軽し／捨身取義。

1. 「兵士たちは感激して言う：『身は国家のために使い、命は義によりて軽し。』」／士兵們都激動地說：「願意為國捐軀，捨身取義。」

2. 「命は義によりて軽し、それが筋だと思う。」／我認為捨身取義才是大義所在。

此句來自於後漢書《朱穆傳》的典故。形容自己重要的生命，只要是為了正義也能不惜捨棄。這邊的「命」除了念作「いのち」之外，亦可念作「めい」；「軽し」則念作「かるし」。

07月28日

命は風前の灯の如し／風中殘燭。岌岌可危。

1. 「危機が彼に迫っていて、今まさに命は風前の灯の如しである。」／危機向他迫近，現在生命正有如風中殘燭一般。

2. 「あの人は交通事故に遭って、命は風前の灯の如しなのだ。」／那人發生交通事故，目前生命是岌岌可危。

形容危險迫近身旁。又比喻人的生命如蠟燭置於風中，有隨時消失的可能。也有人生是十分虛幻，難以掌握的意思。

07月29日

命待つ間／臨終之前。

1. 「彼が命待つ間には気持ちもだんだん落ち着いて、表情も和らげた。」／他在臨終之前心情也逐漸平靜，表情也變得柔和起來。
2. 「犯人は命待つ間で、とうとう事件の真実を語りだした。」／嫌犯在臨終之際，終於將案情的真相娓娓道出。

小提醒

此慣用句用於表現臨終之前的時刻。

07月30日

命を落とす／喪命。

1. 「この子の家族は全員あの大地震で命を落とした。」／這個孩子的家人全都葬身於那場大地震之中。
2. 「近年ではがんで命を落とす人が増え続ける。」／近年來死於癌症的人不斷增加。

小提醒

此句泛指因疾病或事故等意外而導致死亡的情況，其他像老死或自殺等情況則不適用。

命(いのち)を懸(か)ける／賭上性命。寄託生命。

1. 「あなたがそうすると決意(けつい)した以上(いじょう)、私(わたし)もあなたに命(いのち)を懸(か)けようと思(おも)う。」／既然你決定這麼做，那我也願意將生命寄託在你身上。

2. 「いい大学(だいがく)に入(はい)るために受験生(じゅけんせい)は入試(にゅうし)に命(いのち)を懸(か)ける。」／考生們為了上好大學將一切都賭在入學考試上。

意指懷抱著不成功便成仁的覺悟來面對事物。另外亦有寄託、交付己命於某事物上的意思。

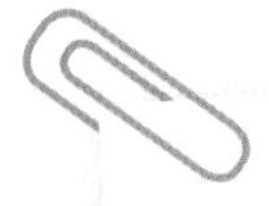

08月

- 08月01日
- 08月02日
- 08月03日
- 08月04日
- 08月05日
- 08月06日
- 08月07日
- 08月08日
- 08月09日
- 08月10日
- 08月11日
- 08月12日
- 08月13日
- 08月14日
- 08月15日
- 08月16日
- 08月17日
- 08月18日
- 08月19日
- 08月20日
- 08月21日
- 08月22日
- 08月23日
- 08月24日
- 08月25日
- 08月26日
- 08月27日
- 08月28日
- 08月29日
- 08月30日
- 08月31日

08月01日

命（いのち）を削（けず）る／費盡心力。折壽。

1. 「命（いのち）を削（けず）るほど頑張（がんば）っていたのに成果（せいか）はまったく出（で）ない。」／明明拚了命不斷地努力，卻一點也做不出個成果出來。
2. 「睡眠時間（すいみんじかん）を削（けず）るということは、命（いのち）を削（けず）るということだ。」／削減睡眠時間也就等於是在削減自己的壽命。

除了單純指壽命縮減之外，亦可比喻其辛苦疲勞的程度就猶如折損壽命一般。

命（いのち）を捧（ささ）げる／捨身奉獻。

1. 「侍（さむらい）たるものは、忠義（ちゅうぎ）のためならば、例（たと）えこの命（いのち）を捧（ささ）げることになっても厭（いと）わない。」／作為一名武士，就算是要捨身取義也在所不惜。
2. 「イエス・キリストは人間（にんげん）の罪（つみ）の許（ゆる）しのために自（みずか）らの命（いのち）を捧（ささ）げたと伝（つた）われている。」／據傳耶穌基督為了讓世人的罪孽能夠得到救贖而犧牲了自己的生命。

意指為了重要的事物或有恩於己的人物貢獻自己的生命，又或者是抱著必死的覺悟和捨身奉獻的精神。

08月03日

命（いのち）を捨（す）てる／犧牲。喪命。

1. 「男（おとこ）は命（いのち）を捨（す）てる覚悟（かくご）でリング上（じょう）に立（た）った。」／男人抱著必死的決心站上了擂台。
2. 「突然（とつぜん）の交通事故（こうつうじこ）で父（ちち）は命（いのち）を捨（す）てた。」／父親死於一場突如其來交通意外。

本句有兩個意思：1. 一個是指為了達到目的，而不顧自身安危的意思。2. 是指因為意外或疏失，而最後導致喪命的意思。

命（いのち）を縮（ちぢ）める／縮短壽命。

1. 「若（わか）い頃（ころ）の無茶（むちゃ）な仕事（しごと）ぶりが結局（けっきょく）命（いのち）を縮（ちぢ）めることになった。」／年輕時的過勞工作結果令我搞壞了身體。
2. 「自分（じぶん）の故郷（ふるさと）が津波（つなみ）に襲（おそ）われたと聞（き）いた時（とき）、本当（ほんとう）に命（いのち）を縮（ちぢ）める思（おも）いだった。」／當我聽到家鄉被海嘯侵襲的消息時，感覺就好像掉了半條命一樣。

可用於因為肉體或精神上的過勞而導致壽命縮短，又或者是因驚嚇而覺得彷彿壽命縮短的情形。

命(いのち)を繋(つな)ぐ／保住性命。延續性命。

1. 「地震(じしん)の時(とき)に、わずかの食料(しょくりょう)で何(なん)とか命(いのち)を繋(つな)いだ。」／在地震發生之時，僅靠些許的糧食維持生命。
2. 「脳死状態(のうしじょうたい)の彼女(かのじょ)は今(いま)は生命維持装置(せいめいいじそうち)で命(いのち)を繋(つな)いでいる。」／已呈現腦死狀態的她，現在完全是靠著維生裝置在苟延殘喘。

意指憑藉著某事物總算能繼續活下去。同義語有「命(いのち)を保(たも)つ」「生(い)き続(つづ)ける」等詞。

命(いのち)を拾(ひろ)う／保住性命。

1. 「一度(いちど)捨(す)てた命(いのち)をまた拾(ひろ)ったんだから、大事(だいじ)にしなければいけません。」／好不容易撿回一條命，一定要好好珍惜。
2. 「今度(こんど)命(いのち)を拾(ひろ)ったのは単(たん)に運(うん)がいいだけだ。二度目(にどめ)はないと思(おも)った方(ほう)がいい。」／你這此能死裡逃生純粹只是運氣好罷了。下次可就沒有那麼幸運了。

意指原本一度已經放棄的性命，卻幸運地撿回來的情況。同義語有「命拾(いのちびろ)いする」「生(い)き延(の)びる」「生(い)きながらえる」「死(し)なずにすむ」「死(し)に損(そこ)ねる」等詞。

08月07日

命を棒に振る／無謂的犧牲。

1. 「結局のところ、あなたの行動は命を棒に振る愚行でしかない。」／以結果來說，你的做法就只是白白犧牲的愚蠢行為罷了。
2. 「君の軽々しく自分の命を棒に振るような真似は、私は決して許さない。」／我無法原諒你居然想那麼輕易地就白白犧牲自己性命。

意指無謂地犧牲生命。同義語有「犬死にする」「命を粗末にする」等詞。

08月08日

命を的に懸ける／賭上性命。

1. 「命を的に懸けても守りたいものは、きっと誰にもあるはずだ。」／就算賭上性命也要保護的事物，相信無論是誰應該都有才對。
2. 「こんなところで命を的に懸けるのは止めなさい。無駄死にが関の山だ。」／我勸你不要在這裡就賭上自己的性命。充其量也只是白白犧牲罷了。

意指賭上性命去從事某種行為。「命を的に」為大膽、捨身的意思。屬於古典用法，現在較為少用。同義語有「死に物狂いで」「死ぬ気になって」等詞。

今が今（いまがいま）／剛好現在。

1. 「わざわざご足労（そくろう）をおかけして申（もう）し分（わ）けませんが、今が今（いまがいま）主人（しゅじん）がお出（で）かけしております。」／煩勞您遠道而來十分抱歉，但外子現在剛好出門不在。
2. 「今が今（いまがいま）帰（かえ）ったばかりだから、もう少（すこ）し休（やす）ませてくれ。」／我才剛回來而已，讓我休息一下好嗎？

意指「剛好這個時候…」。同義語有「ちょうど今（いま）」「たった今（いま）」「今（いま）すぐ」等詞。

08月10日

今か今か（いまかいまか）／引頸期盼。

1. 「うちの子供（こども）たちはクリスマスの到来（とうらい）を今か今か（いまかいまか）と待（ま）ちわびている。」／我們家的小孩可說是引頸期盼著聖誕節的到來。
2. 「あの戦争（せんそう）の時代（じだい）、母（はは）はまだ幼（おさな）い私（わたし）たちを育（そだ）てながら、今か今か（いまかいまか）と父（ちち）の帰（かえ）りを待（ま）ち続（つづ）けていた。」／在那戰爭的時代，母親一邊辛苦地拉拔著我們兄弟長大，一邊不斷地期盼著父親的歸來。

代表期待某事物的出現、到來的意思。為「今（いま）か」的強化語氣。使用時常以「と」來修飾。表示對於某事物、狀態的到來、充滿熱切期盼的心情。

08月11日

今という今／此時此刻。

1. 「長い付き合いだけど、君という人間が今という今やっとわかった気がする。」／雖然我們也認識蠻久了，但我覺得我直到今天才真正了解你這個人。

2. 「ずっと隠していると思われるかもしれないけど、このことは今という今言える話なのだ。」／雖然你可能會認為我一直有所隱瞞，但這是時至今日才終於說得出口的事情。

意指「此時此刻」或「直到現在」才終於…。為「今」的強化語氣。同義語有「今こそ」「たった今」等詞。

08月12日

今泣いた烏がもう笑う／喜怒無常。

1. 「先まで泣いてたのに、今はもうけらけらと笑っちゃって。本当に今泣いた烏がもう笑うものね。」／明明剛才還在嚎啕大哭，現在卻已經咯咯地笑著。真的是喜怒無常。

2. 「うちの子といったら、泣いては笑い、笑っては泣き、今泣いた烏がもう笑うとはこういうことなのね。」／要說到我家的小孩，一會兒笑，一會兒哭的，還真的是喜怒無常。

形容直到剛才還在哭哭啼啼的人，轉眼間便已經破涕為笑。一般用來比喻小孩子喜怒哀樂的情緒變化多端的情形。

今（いま）にして／事到如今。

1. 「彼女（かのじょ）は僕（ぼく）にとってかけがえのない存在（そんざい）だったことを、今（いま）にしてようやく気（き）づいた。」／她對我來說是到底多麼重要的存在，直到今日我才終於明白。
2. 「今（いま）にして思（おも）えば、今回（こんかい）の事件（じけん）はそもそもの原因（げんいん）は彼女（かのじょ）にあったのだ。」／事到如今仔細回想，這次的事件可以說根本就是她一手造成的。

代表「一直到現在，才…」的意思。同義語有「今（いま）になって」「今（いま）や」「今（いま）では」等詞。

今（いま）に始（はじ）めぬ／既有的現象。

1. 「山田（やまだ）さんの奇行（きこう）は今（いま）に始（はじ）めぬんだよ。」／山田的特異行徑也不是這一兩天才有的事情了。
2. 「これは今（いま）に始（はじ）めぬことだ。むしろこれくらいで驚（おどろ）いているあなたの方（ほう）がおかしい。」／這也不是今天才開始的狀況，像你這麼驚訝反而還比較奇怪。

代表從之前就已經存在的事物、狀況，直到現在都毫無改變。不是現在才突然出現的情況。為古典用法，現在幾乎很少使用。

08月15日

今の今まで／直到至今。

1. 「まさか彼女と家がこんなに近いとは、今の今まで知らなかった。」／沒想到我跟她家距離那麼近，我直到現在才知道。
2. 「今の今まで君の嘘を暴かなかったけれど、別に君のやり方に賛成しているわけではない。」／雖說時至今日我都沒有戳破你的謊言，但這並不代表我認同你的做法。

表示「一直到現在都…」的意思，為「今まで」的強化語氣。通常其後的句子多採用否定形式。

今のまさか／此時此刻。

1. 「せっかくここまで登ってきたんだから、今のまさかやめるなんてもったいないです。」／好不容易都已經爬到這裡了，事到如今才說要放棄也太可惜了。
2. 「今のまさか来たところで、授業はもうとっくに終わったよ。」／你現在才來，課早就已經結束了。

「今のまさか」的「まさか」為「目の当たり」，即為現在之意。此為古典用語，現今幾乎不被使用。而其替代用法有「今この時」「今の今」等相同意思的語句。

今(いま)は限(かぎ)り／到此爲止。

1. 「大口(おおぐち)をたたいていけるのも今(いま)は限(かぎ)りだ。」／你要說大話也就只能趁現在了。
2. 「君(きみ)の悪行(あくぎょう)も今(いま)は限(かぎ)りのようだ。」／你的惡行也就到此為止了。

意指事物的終止、到此為止。其衍生詞「今際(いまわ)」則有最終之時、臨終之時的意思。

08月18日

今(いま)は斯(か)く／到此爲止。

1. 「警察(けいさつ)に証拠(しょうこ)が握(にぎ)られてしまった以上(いじょう)、何(なに)もかもが今(いま)は斯(か)く。」／事到如今被警察掌握了確切的證據，一切也就到此為止了。
2. 「いい大学(だいがく)に行(い)くために頑張(がんば)ってきたんだが、落(お)ちてしまっては今(いま)が斯(か)くか。」／雖然為了進好大學而努力到現在，但是既然落榜，一切也就到此為止了。

意指事情到了這種地步，不管做什麼都可謂是回天乏術。此為古典用法，現在幾乎很少使用。同義語有「今(いま)は斯(こ)うと」「今(いま)は是迄(これまで)」等詞。

08月19日

今は斯うと／到此爲止。

1. 「認めたくはないが、今の情勢から見れば、いくら私たちがあがいても今は斯うと。」／雖然難以接受，但以現在的情勢來看，似乎我們再怎麼掙扎也都於事無補了。
2. 「今は斯うとと言っても、彼は一向とも諦めたりはしない。本当に頑固な人だ。」／就算再怎麼對他說一切到此為止了，他還是始終不願意放棄。真是一個頑固的人。

意指事情就此結束，通常使用在對某事無能為力只能放棄的情況。此為古典用法，現在幾乎很少使用。同義語有「今は斯く」「今は是迄」等詞。

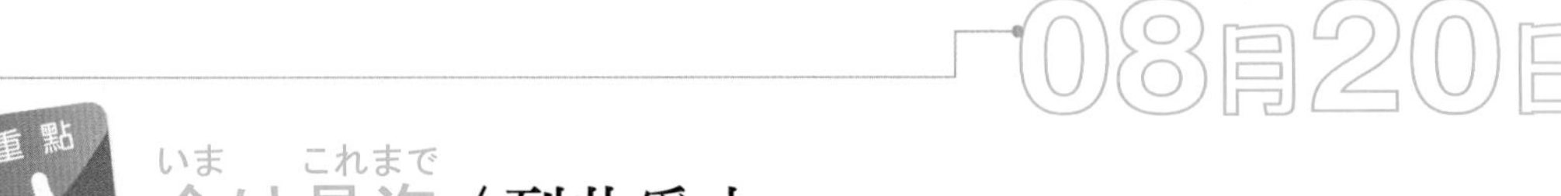

今は是迄／到此爲止。

1. 「両方とも戦意喪失ということで、この勝負は今は是迄。」／由於雙方都喪失了戰鬥意志，故本場勝負到此為止。
2. 「援軍が駆け付ける見込みもないわけだから、私たちの戦いは今は是迄。」／在無法企盼援軍到來的情況下，我想我們的戰鬥也就到此為止了。

意指就算再怎麼掙扎，都無法從死亡或敗北的命運中逃離的情況。此為古典用法，現在幾乎很少使用。同義語有「今は斯く」「今は斯うと」等詞。

今(いま)は昔(むかし)／很久以前。今非昔比。

1. 「今(いま)は昔(むかし)、竹取(たけとり)のお爺(じい)さんがいました。」／很久很久以前，有一位砍竹子維生的老爺爺。
2. 「膝(ひざ)の傷(きず)に煩(わずら)わされてきた彼(かれ)は、球界(きゅうかい)のスーパースターも今(いま)は昔(むかし)。」／飽受膝傷困擾的他，早已不是過往那叱吒球場的超級巨星了。

意指從現在來看早已是過去的情況。在日本的「說話」、「物語文學」等古典文學中，常被當作開場語。而在現代的用法上，則多帶有「今非昔比」的意思。

今(いま)もかも／應該正好是…。

1. 「今(いま)もかも桜(さくら)の咲(さ)く季節(きせつ)だろう。」／現在應該正好是櫻花盛開的季節吧。
2. 「留学(りゅうがく)の身(み)なので参加(さんか)はできないが、今(いま)もかも夏祭(なつまつ)りで故郷(ふるさと)がにぎやかになっているだろう。」／雖然因為留學而無法現場參與，但我的家鄉現在應該正熱鬧地舉行著夏季慶典吧。

意指某事物正好是處於某種情況下。由於本句乃是帶有想像的成分，故其後的句子多使用推測、預測的句型。

08月23日

今を盛り／正値興盛。

1. 「今を盛りの松茸の味は本当に言葉ではとても表せない美味しさだ。」／正值盛產季的松茸其味道真是無法用言語來形容的美味。
2. 「今を盛りの菖蒲を見ることができて、わざわざここに来る甲斐があったわけだ。」／能夠觀賞到正值開花季的鳶尾花，總算不枉費我遠赴千里而來。

用來形容某事物正值興盛的時期。此為古典用法，現在極少被使用。同義語有「旬」「出盛り」等詞。

今を時めく／時下當紅的。

1. 「今を時めく作家さんといえば、やはり西尾先生を置いてはほかに考えられない。」／說到現在當紅的作家，除了西尾先生就不做第二人想了。
2. 「2シーズンで連続ＭＶＰを獲得したジェームズ選手は、間違いなく今を時めくバスケットプレイヤーだ。」／連續兩季獲選為MVP的James選手絕對是現今最當紅的籃球員。

用來形容某事物極具人氣，廣受當今世人的注目。單純只有「時めく」時，其意思亦相同。同義語有「脚光を浴びる」「耳目を集める」等詞。

色濃い(いろこい)／顯著。濃厚。

1. 「普段(ふだん)落(お)ち着(つ)いている彼女(かのじょ)でも、好(す)きな人(ひと)の目(め)の前(まえ)では焦(あせ)りが色濃(いろこ)く出(で)ている。」／就算是平時冷靜沉穩的她，一旦面對自己的意中人時，依舊也是明顯地露出焦急之色。
2. 「あの色濃(いろこ)い紫色(むらさきいろ)の服(ふく)を着(き)ている女(おんな)の子(こ)は私(わたし)の妹(いもうと)だ。」／那個穿著深紫色衣服的女孩是我的妹妹。

本句有兩個意思：1. 是指某種傾向、狀況極為強烈的意思。2. 是單純指顏色濃重的意思。

色に出ず(いろにいず)／表露於色。

1. 「天野先輩(あまのせんぱい)は色(いろ)に出(い)ず人(ひと)ですから、何(なに)を考(かんが)えているかすぐ分(わ)かるのです。」／天野學姊是個容易將心情表現在臉上的人，所以非常好懂。
2. 「彼(かれ)は普段(ふだん)はあまりにも色(いろ)に出(い)ずだから、もしかしたらロボットじゃないかと疑(うたが)った時期(じき)もあった。」／因為他平常實在是太過於喜怒不形於色了，所以我甚至曾經懷疑過他是不是機器人。

意指一個人心中的想法或是情感，表現在神情或舉止上的情形。特別是用在表示愛慕之情上。屬於古典用法，現在極少被使用。

08月27日

色の白いは七難隠す／一白遮三醜。

1. 「鈴木さんの可愛らしい顔を見てると、つい彼女の暴行を忘れてしまう。本当に色の白いは七難隠すんだね。」／只要注視著鈴木同學那可愛的臉龐，總是不自覺地便會忘記她平時的粗暴舉動。還真得是一白遮三醜啊。
2. 「色の白いは七難隠すといっても、ちゃんと自分の欠点を改善する努力をしなさい。」／就算是一白遮三醜，終究還是得想辦法改善自己的缺點才行。

意指皮膚白皙的女生就算有些許的缺點也不起眼。常引申為在受人注目的優點之前，細微的缺點常會被掩蓋住。

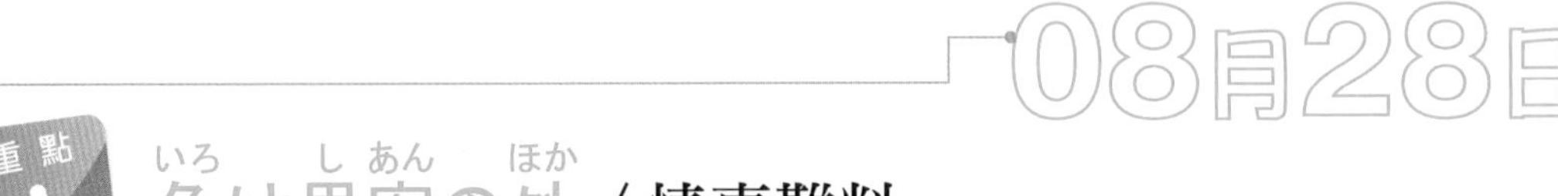

色は思案の外／情事難料。

1. 「あの二人が付き合うことになるとは、色は思案の外だね。」／沒想到那兩人居然會交往，男女之間的感情真得是說不準啊。
2. 「色は思案の外というものだから、今更年の差カップルなんて驚きに値しないのさ。」／正所謂男女之間情事難料，事到如今就算是老少配也嚇不倒我的。

意指男女之間的感情是足以超越隔閡、難以用常識來判斷的。同義語有「恋は思案の外」「恋は異なもの味なもの」等詞。

色も香もある／內外兼具。

1. 「山田さんは美人の上に、ピアノの腕はプロ顔負けという色も香もある才女である。」／山田小姐不光是外表亮麗，其鋼琴演奏更是有職業級的水準。真可說是才色兼備的才女。
2. 「外見だけでなく、内面の素養も磨けなければ色も香もあるとは言えない。」／若想要稱得上是內外兼具，不光是要重視外在，就連內在的涵養也得時常磨練。

原意指既擁有美麗的容貌，也擁有高雅的情感。可引申為名實相符、情理兼備等意思。同義語有「花も実もある」。

08月30日

色を失う／臉色發白。

1. 「彼は悲報に接し愕然として色を失った。」／他接到噩耗後，一臉錯愕地失了魂。
2. 「彼女は恐怖のあまり色を失う。」／她嚇到臉色發白。

在這裡用於負面情緒，感到擔心或恐懼使得臉色慘白。同義語有「青くなる」。

色（いろ）を売（う）る／賣淫。

1. 「自分（じぶん）の娘（むすめ）に色（いろ）を売（う）らせたとして、母親（ははおや）が警察（けいさつ）に逮捕（たいほ）された。」／由於那位母親逼迫她自己的女兒賣淫，因而遭到警方逮捕。
2. 「彼女（かのじょ）はブランド物（もの）のバッグを欲（ほ）しがっているので、なんと自分（じぶん）の色（いろ）を売（う）る。」／她為了買名牌包，竟然出賣自己的肉體。

此句帶有負面的詞意。意指以金錢作為交易之性行為。同義語有「色（いろ）を鬻（ひさ）ぐ」。

09月

- 09月01日
- 09月02日
- 09月03日
- 09月04日
- 09月05日
- 09月06日
- 09月07日
- 09月08日
- 09月09日
- 09月10日
- 09月11日
- 09月12日
- 09月13日
- 09月14日
- 09月15日
- 09月16日
- 09月17日
- 09月18日
- 09月19日
- 09月20日
- 09月21日
- 09月22日
- 09月23日
- 09月24日
- 09月25日
- 09月26日
- 09月27日
- 09月28日
- 09月29日
- 09月30日

色を替え品を替える／千方百計。

1. 「色を替え品を替え、説得する。」／使盡千方百計說服他。
2. 「色を替え品を替え、お客さんの気を引こうとする。」／絞盡腦汁吸引顧客上門。

意指為了達到某目的，用盡各種方法、手段。「手を替え品を替える」為其同義語。

09月02日

色を損ずる／不愉快。悶悶不樂。鬱鬱寡歡、惱怒。

1. 「『誰も私の色を損ずることはできない』と胸の中で唱えると、ずいぶん心が楽になります。」／只要在心中默念著「誰都無法令我生氣」，心中就會豁然開朗。
2. 「母が遊びに来ると、妻が色を損ずる。」／只要母親來家裡玩，妻子就會悶悶不樂。

意指令對方心裡苦悶、生氣、臉色一沉的意思。「不機嫌になる」為其同義語。

09月03日

色を正す／正經八百。一本正經。

1. 「色を正して相手に謝る。」／正經八百地向對方致歉。
2. 「彼は今日色を正して、面接を受けました。」／他今天一本正經地接受面試。
3. 「彼は色を正して座を降り、改まって先生の好意を謝した。」／他正經八百地離座，鄭重地對老師的美意表示感謝。

形容人態度莊重認真，品行規矩端莊的樣子。「色を直す」為其同義語。

色を作る／施脂抹粉。梳妝打扮。

1. 「うっすらと色を作る。」／畫上淡妝。
2. 「女性が男性の気を引くために色を作る。」／女為悅己者容。
3. 「男で色を作るのは、歌舞伎をしている人くらいのイメージだ。」／男人化妝，會給人一種好像是當歌舞伎的人的印象。

意指用化妝品修飾容貌、打扮自己，來吸引男性。「品を作る」為其同義語。

色(いろ)を付(つ)ける／略施小惠。通融。

1. 「お客様(きゃくさま)の目(め)を引(ひ)くために、贈物(おくりもの)に色(いろ)を付(つ)ける。」／為了吸引顧客消費，附加免費贈品。
2. 「今度(こんど)のボーナスに十万円(じゅうまんえん)も色(いろ)を付(つ)けた。」／這次提供的獎金竟然高達十萬元。
3. 「ほかならぬ先生(せんせい)でございますので、お値段(ねだん)のほうも多少(たしょう)色(いろ)を付(つ)けてございます。」／既然是老師您要買，那我就多少打個折。

意指為促銷商品，給予額外優惠、折扣，或是在溝通、商談事情時予以讓步。

09月06日

色(いろ)を作(な)す／勃然大怒。勃然變色。

1. 「色(いろ)を作(な)して反対(はんたい)する。」／憤怒地表示反對。
2. 「怒(おこ)るとして色(いろ)を作(な)す。」／氣得滿臉通紅。
3. 「色(いろ)を作(な)して抗議(こうぎ)する。」／勃然大怒地抗議。

形容人因發怒生氣而臉色大變，激動致使臉色脹紅。

09月07日

鵜(う)の真似(まね)をする烏(からす)／畫虎不成反類犬。

1. 「あの人の髪形(かみがた)を真似(まね)たのに醜(みにく)い。まことに鵜(う)の真似(まね)をする烏(からす)だ。」／學他剪了一樣的髮型卻剪壞了，還真是畫虎不成反類犬。
2. 「プロを気取(きど)ると鵜(う)の真似(まね)をする烏(からす)で、今(いま)に恥ずかしいと感じている。」／故作專業卻愈是畫虎不成反類犬，現在回想起來還是感到很丟臉。

意指高估自身能力，想要模仿別人卻落得狼狽下場。

09月08日

鵜(う)の目(め)鷹(たか)の目(め)／目光如電。目光犀利。

1. 「マスコミが鵜(う)の目(め)鷹(たか)の目(め)で名人(めいじん)のスクープをねらっている。」／媒體記者有如飛鷹獵食，為了捕捉名人醜聞，盤旋於高空伺機而動。
2. 「買(か)い手(て)たちが鵜(う)の目(め)鷹(たか)の目(め)で掘(ほ)り出(だ)し物(もの)を探(さが)している。」／買家們敏銳的目光，四處搜尋著物美價廉的商品。

原意為眼神如飛鷹般銳利，意指專注於某件事或某個目標的樣子。

上から目線／自以爲是。瞧不起人。

1. 「人と付き合う時、上から目線を避けたら好感度を上げられる。」／和他人相處時不要自以為是，才能給對方好印象。
2. 「最近、いやな人を言い表す言葉の代表格となっているのは『上から目線』です。」／最近「自以為是」成為討厭鬼的代名詞。

形容傲慢的態度或說話方式，採用以上對下的方式對待他人。

09月10日

上に立つ／領導。帶領。

1. 「チームの上に立っている。」／帶領團隊。
2. 「人の上に立つために、知識や技術はそれほど必要としない。技術を持った人、知識のある人を集めればいいからだ。」／領導者無須太過鑽研知識與技術能力，因為只要找到好的技師與學者就夠了。

意指團體當中的領導者。「率いる」為其同義語。

09月11日

上には上がある／人外有人，天外有天。

1. 「この世界、上には上がある。」／這個世界總是一山還有一山高。
2. 「東京に来てから、『上には上がある』ことを目の当たりにして自分の無力さを感じた。」／到了東京後深深體會了「人外有人，天外有天」，這才發現自己有多麼渺小。

比喻強中更有強中手。勸戒人不能自滿自大。

09月12日

上見ぬ鷲／不可一世。目空一切。

1. 「社長はいつも上見ぬ鷲のように思うままに振る舞いのせいで、この会社を倒産させた。」／社長總是不可一世地我行我素，最後使得公司倒閉了。
2. 「その権力が絶頂に達してやや上見ぬ鷲となった彼は、最後も暗殺された。」／獨攬大權後變得不可一世的他，還是逃不了遭人暗殺的命運。

意指狂傲自滿，以為無人能及。形容狂妄自大已達極點的樣子。

上を行く／凌駕。超越。略勝一籌。

1. 「ライバルを技術力で上を行く。」／靠著技術能力略勝對手一籌。
2. 「プロ野球選手の上を行くレベル。」／超越職業棒球選手的水準。
3. 「ひとつ上を行く職務経歴書の書き方。」／更上層樓的履歷表寫法。

意指比另一方更高明一些，超越了對方的能力、表現。「しのぐ」為其同義語。

上を下へ／混亂。

1. 「売り場は上を下への大騒ぎだった。」／賣場裡人來人往，混亂不已。
2. 「上を下への人事異動で、皆は一時慣れない。」／公司職位大變動，大家一時之間還無法適應。
3. 「その噂が伝わって上を下への騒動を起こす。」／那個謠言引起了混亂的動亂。

意指雜亂、混亂不安的樣子。有時也可以解釋為毫無秩序，沒有條理。

09月15日

牛に経文／對牛彈琴。

1. 「いくらお説教をしてもむだだよ。牛に経文なんだから。」／再怎麼說教也是白費力氣，根本就是對牛彈琴。
2. 「いくら親切に言ってあげても、あの人には牛に経文。」／再怎麼對他耳提面命，也只是對牛彈琴罷了。

比喻對不懂道理的人講道理也是白搭。「馬の耳に念仏」為其同義語。

牛に食らわる／上當。遭詐騙。

1. 「牛に食らわないように、自らの身を自分で守る。」／為避免受騙上當，防人之心不可無。
2. 「彼女はいくら気をつけても牛に食らわれた。」／雖然她平時行事小心，但還是被詐騙了。

意指吃虧、受騙，有如被牛隻生吞活剝之感。「いっぱい食う」為其同義語。

09月17日

牛にひかれて善光寺参り／無心插柳柳成蔭。

1. 「彼のいうとおりにしたら思いがけず成功した。牛に引かれて善光寺参りだね。」／這件事在他的指引之下，竟然順利成功了，還真是無心插柳柳成蔭。
2. 「牛にひかれて善光寺参りで、たまたま誘われた美術展で絵画にはまり、水彩を描くのが趣味になった。」／受到朋友邀請的因緣際會之下，參觀了美術展，深深受到圖畫作品的吸引，引起了我對水彩的興趣。

意指非出自本身的意願，而是在因緣際會之下，被人引導向善成為美事一樁。此句用於正面詞意。

09月18日

牛にも馬にも踏まれず／小孩健康長大。獨當一面。

1. 「子供たちは牛にも馬にも踏まれず結婚して独立した。」／孩子們都順利地長大成人，成家自立了。
2. 「子供は牛にも馬にも踏まれずに成長していけば何よりも。」／小孩可以平安健康長大就是父母最大的安慰。

此句只適用於形容小孩平安健康長大成人、獨立自主。「牛馬にも踏まれず」為其同義語。

09月19日

牛の歩み（うしのあゆみ）／慢步如牛。

1. 「牛の歩み（うしのあゆみ）も千里（せんり）。」／鐵杵磨成繡花針。
2. 「のろのろと牛の歩み（うしのあゆみ）の如く（ごとく）歩く（あるく）ならば、機会（きかい）を逃（にが）してしまう。」／如果還不快上緊發條，機會就會從手中溜走。

形容步行速度非常緩慢，有如牛隻步行一般。「牛歩（ぎゅうほ）」為其同義語。

09月20日

牛の一散（うしのいっさん）／邁步猛進。

1. 「牛の一散（うしのいっさん）でいって、周り（まわり）の人（ひと）を驚（おどろ）かせましょう。」／就放手一搏，讓大家跌破眼鏡吧！
2. 「あの人（ひと）はいつものんびりしているのに、今日（きょう）は急（きゅう）に牛の一散（うしのいっさん）で猛烈（もうれつ）に働（はたら）く。」／他平常都是一副無所謂的樣子，今天卻突然一反常態地埋頭苦幹。

意指平日優柔寡斷或是生活節奏緩慢，卻突然對事情毫不猶豫、態度積極的樣子。

牛(うし)の寝(ね)たほど／大量。許多。

1. 「本(ほん)を牛(うし)の寝(ね)たほど持(も)っている。」／抱著一堆書。
2. 「牛(うし)の寝(ね)たほどの書類(しょるい)。」／文件資料堆積如山。
3. 「彼(かれ)は牛(うし)の寝(ね)たほどの金(かね)を持(も)っている。」／他擁有許多錢。

形容數量之多的樣子。「たくさん」「山(やま)ほど」為其同義語。

牛(うし)の涎(よだれ)／細水長流。拖泥帶水。

1. 「商(あきな)いは牛(うし)の涎(よだれ)。」／細水長流乃經商之道。
2. 「つまらないことまで記録(きろく)して、牛(うし)の涎(よだれ)のように出(で)てくる。」／連雞毛蒜皮小事都交代，結果成了一本流水帳。
3. 「商売(しょうばい)は牛(うし)の涎(よだれ)というが、とうとう私(わたし)の代(だい)でみせの看板(かんばん)をおろすことになりました。」／雖說作生意是細水長流，可是到我這一代終於要關門了。

形容事情就像牛的口水既細又長。此慣用句正面、反面的詞意皆有。

09月23日

牛は嘶き馬は哮え／顛倒錯亂。是非顛倒。

1. 「予想に反して規制を違反するの小林が正式に当選した。牛は嘶き馬は哮えだ。」／小林違反規定反而正式當選了，這簡直是毫無是非了。
2. 「世の中で往々に牛は嘶き馬は哮えことがある。」／社會上往往存在著不合理的事情。

意指事情混亂倒置，有違常理的樣子。「石が流れて木の葉が沈む」為其同義語。

09月24日

牛は牛連れ馬は馬連れ／人以群居，物以類聚。

1. 「仲間は牛は牛連れ馬は馬連れで自然と集まってきた。」／人與人之間有共同興趣，才會進而相處在一起成為朋友。
2. 「どんな人間でも、好感を持たれる聞き方を続ける人があるこそ牛は牛連れ馬は馬連れ。」／不論是誰都會有個分享生活的對象，所以總會找到與自己同類的人。

比喻性質相近的人、事、物容易聚集在一起。同義語有「馬は馬連れ鹿は鹿連れ」。

牛は願いから鼻を通す / 自討苦吃。

1. 「そこまでやらなくてもいいよ。牛は願いから鼻を通すのではないから。」／你不必做到那種地步，無須自討苦吃。

2. 「バレエダンサーはいつも自分に鞭を打つ。外人から見て牛は願いから鼻を通すと思われる。」／芭蕾舞者追求完美的程度，在外人看來不過是自討苦吃罷了。

比喻像牛一樣被打上鼻環，替自己找麻煩、惹災禍，使自己受到痛苦的折磨。

牛を馬に乗り換える / 世情看冷暖，人面逐高低。

1. 「あの人が社長の親戚と聞いた彼はすぐ話し合いに行った。本当に牛を馬に乗り換える人だ。」／他一聽到那個人是社長的親戚就馬上上前攀談，真是勢利眼。

2. 「これは現実な社会だ。どこか利益があったら皆すぐ牛を馬に乗り換える。」／這個社會很現實，哪裡有好處大家就往哪裡去。

原意為捨棄步行慢速的牛隻，改換速度較快的馬匹。比喻世態炎涼、人情勢利。

09月27日

氏無くして玉の輿／飛上枝頭當鳳凰。

1. 「中国の古代には、氏無くして玉の輿の例がたくさんいる。」／在中國古代，有許多女子從一介平民飛上枝頭當鳳凰的例子。
2. 「氏無くして玉の輿の夢は甘い。」／長大後嫁給有錢人家的夢想，太不切實際。

形容女子就算家境不好、身分卑微，只要攀附上達官貴人，身分就可以跟著水漲船高。

09月28日

氏より育ち／門第不如教養。

1. 「氏より育ち、どんな家柄でも人柄が悪いと無駄だ。」／門第不如教養，高貴血統莫若人品。
2. 「氏より育ち、家族の支えと自分自身の努力こそ人間形成できる。」／門第不如教養，唯有家人的諄諄教誨和自我約束才能成為一個堂堂正正的君子。

意指在培育下一代的事上，環境與教育比家世與身分的優劣還要重要。

09月29日

後(うし)ろの目壁(めかべ)に耳(みみ)／隔牆有耳。壞事傳千里。

1. 「周囲(しゅうい)に誰(だれ)もいないことを確認(かくにん)したはずなのに、いつのまにか親友(しんゆう)にしか話(はな)していないことがクラス中(じゅう)に知(し)れ渡(わた)っていた。後(うし)ろの目壁(めかべ)に耳(みみ)とはこのことだ。」／明明就已經確認過當時附近沒有人，然而這件只跟好友提過的祕密居然全班都知道了。果真是隔牆有耳啊。
2. 「後(うし)ろの目壁(めかべ)に耳(みみ)、秘密(ひみつ)にすることは不可能(ふかのう)だ。」／隔牆有耳，要想保密這是不可能的。

此句字面上雖指祕密談論的事情在不注意之下，被他人聽見、傳了出去。但日文中通常用在負面的意思上，也有壞事容易被傳開的意思。

後(うし)ろ髪(がみ)を引(ひ)かれる／眷念不捨。

1. 「後(うし)ろ髪(がみ)を引(ひ)かれる思(おも)いでその場(ば)を立(た)ち去(さ)った。」／我依依不捨地離開那個地方。
2. 「いい季節(きせつ)を体験(たいけん)した自分(じぶん)は後(うし)ろ髪(がみ)を引(ひ)かれる思(おも)いで農家(のうか)を後(あと)にしました。」／親身感受過這個美好的季節後，我眷念不捨地離開了農村。

原意為背後的頭髮還被牽制著。意指自己內心還有許多難以割捨的思念，無法放下。強調人的內心狀態，思念難捨以致難以斷然放下的心情。

10月

- 10月01日
- 10月02日
- 10月03日
- 10月04日
- 10月05日
- 10月06日
- 10月07日
- 10月08日
- 10月09日
- 10月10日
- 10月11日
- 10月12日
- 10月13日
- 10月14日
- 10月15日
- 10月16日
- 10月17日
- 10月18日
- 10月19日
- 10月20日
- 10月21日
- 10月22日
- 10月23日
- 10月24日
- 10月25日
- 10月26日
- 10月27日
- 10月28日
- 10月29日
- 10月30日
- 10月31日

後ろを見せる／背敵而逃。臨陣脫逃。

1. 「敵に後ろを見せるとは卑怯だ。」／背對著敵人而逃是懦弱的事情。
2. 「決して後ろを見せてはいけない。」／絕不可臨陣脫逃。

原意為讓敵人看見滿是破綻的背後。意指狼狽敗走、臨陣脫逃、背對敵人，有讓敵人看見自己的所有弱點之意。

打って一丸となる／集結。團結一致

1. 「再建めざして全員打って一丸となる。」／大夥兒以重建為目標全體團結在一起。
2. 「全員打って一丸となって頑張る。」／全體團結一致一起努力。

其意為所有相關的人都集合在一起。有「所有人都聚集一起、凝聚力量」之意，亦作團結一致之意。

10月03日

打てば響く／反應靈敏。

1. 「打てば響くような子だ。」／這孩子反應很靈敏。
2. 「わたしの部下は打てば響くように理解する。」／我的下屬當下就能了解我的意思。
3. 「俺は打てば響くタイプだよ。」／我是屬於反應快的類型。

意指對於事物立即做出回應的態度。通常用來形容人或其行為反應迅速、理解能力快。

馬が合う／意氣相投。

1. 「あの二人は馬が合うらしい。」／這兩人似乎意氣相投。
2. 「彼女とは妙に馬が合って、いつも一緒に旅行する。」／我跟她意外地合得來，經常一起去旅行。
3. 「あの二人は不思議に馬が合う。」／那兩個人出乎意料之外地意氣相投。

原為騎馬的用詞，意指騎者和所騎的馬呼息是否相合，今引申為人和人之間是否合得來。另外，偶爾也用來形容人和器物（如樂器等）是否合手。

馬には乗ってみよ人には添うてみよ／親歷爲證。

1. 「馬には乗ってみよ人には添うてみよ。学習することにも、これと同じような事だ。」／親歷為證，學習也是一樣，沒接觸過是不知道的。

2. 「『馬には乗ってみよ、人に添うてみよ』って言うけど本当だ…あの人と親しくなって、やっと本音を聞くことができました。」／親歷為證這句話果然不假。跟他熟稔起來後，才能聽到他的真心話。

原意為馬是否適合自己，要騎過才知道；一個人是否跟自己合得來也要相處過後才知道。比喻事情沒有試著接觸之前，是不會知道是否適合自己的。

10月06日

馬の背を分ける／西北雨，落不過田畔。

1. 「夏の雨は馬の背を分ける。」／夏天的雨真是落不過田畔，此雨彼晴。

2. 「馬の背を分ける夏の雨で、二、三百メートルも歩くと道は全くぬれていなかった。」／因為夏天的西北雨之故，才走了兩三百公尺，馬路上卻完全沒濕。

此句即為形容西北雨（日文為「夕立」）的局部性。形容夏天午後的雨經常出現隔著馬背，一邊是晴、一邊是雨的景象。為氣象上的慣用俗語。

10月07日

馬の耳に念仏／對牛彈琴。

1. 「人がせっかく助言してあげたのに、馬の耳に念仏だったようだ。」／別人都特地給他建言了，他卻不聽，簡直是對牛彈琴。
2. 「いくら親切に言ってあげても、あの人には馬の耳に念仏だ。」／就算再怎麼熱心地跟那人說，也只是對牛彈琴，徒勞無功。

原意為對著馬唸佛，亦即對牛彈琴。形容聽者不懂說話者所說的意思，因此說再多都是無用、白費力氣之意。

10月08日

馬子にも衣装／人要衣裝。

1. 「いつもジャージばっかり着ている彼もたまにスーツを着ると見違えますね。まさに馬子にも衣装という感じです。」／總是穿件球衣的他，只要換上襯衫看起來就不一樣呢。果然是人要衣裝啊。
2. 「思わず、馬子にも衣装と言ったらひどく怒られた。」／不加思索脫口而出「人要衣裝啊」，結果惹得對方生氣了。

原意為只要整頓外表，就算是馬伕也能變得體面。即為中文的「人要衣裝，佛要金裝」。通常用在揶揄人，或是自謙之詞。注意在誇獎他人時，不宜使用此句。

馬を牛に乗り換える／捨近求遠。

1. 「高速道路が安いので自動車で行きます。」「それは馬を牛に乗り換えてないかい？高速道路は絶対に込むよ。」／「走高速公路比較便宜，所以要開車去。」「那不是捨近求遠嗎？高速公路一定會塞車的喔。」
2. 「今度の転職が馬を牛に乗り換えたようなことだ」／這次的轉職就像是捨近求遠。

原意為把跑得較快的馬換成跑得較慢的牛。形容將好的換成壞的，捨近求遠之意。換句話說「牛を馬に乗り換える」即為相反意思，將牛換成馬，意指做事找到更快的方法。

10月10日

海に千年山に千年／老狐狸。

1. 「この旅館の女将は海に千年山に千年でずる賢いよ。」／這間旅館的老闆娘可是個精明的老狐狸。
2. 「あの人は海に千年山に千年の苦労人だ。」／那人疲於計算，真是勞心勞力呢

原意為在海裡或山裡活了千年的蛇龍精靈。形容累積許多經驗、歷練豐富，特別是在險惡的事情上幹練而狡猾的人，或有這種個性。通常用在負面意思上，如第二個例句即為諷刺語氣。

10月11日

海の物とも山の物ともつかない／眞相不明。

1. 「始めたばかりで、まだ海の物とも山の物ともつかない新商売だ。」／才剛開始販賣，還不知道這商品究竟是甚麼名堂。

2. 「結果はまだ海のものとも山のものともつかなくわからない。」／結果是好是壞，尚未分明。

原意為不知道是山還是海。形容新事物或結果未明，也不知道最後結果究竟是好或壞。含有疑惑未解並相當不確定的意思。通常用來形容事物。

海も見えぬに船用意／太早打如意算盤。操之過急。

1. 「来年のお年玉をあてにしてゲーム機を買うだなんて海も見えぬに船用意、というものよ。まだもらってもいないのに。」／居然要預支明年的紅包錢買遊戲機，如意算盤也打得太早了吧。根本都還沒領到紅包呢。

2. 「受かるかどうかまだわからないのに下宿を見つけるなんて、海も見えぬに船用意だよ。」／都不知道究竟有沒有錄取就在找宿舍，根本是操之過急啊。

原意為都還看不到海，就把船給準備好了。形容人算盤打得太早，計算著根本還沒用到或還沒得到的東西。通常用於負面的意思上。

10月13日

海を山にする／無稽之談。

1. 「三週間に営業額を二割に上げるなんて、まさに海を山にするようなことだ。」／要在三個禮拜內把營業額提高兩成，根本是無稽之談。

2. 「やめてください。これぐらいのことはまさに海を山にすることでありえないだ。」／放棄吧！這根本是無稽之談，不可能的事情。

原意為將海變成山。「する」表主動，是自己做的動作，意指藉自己的力量將海變成山。亦指不可能、強人所難的事情。

海を渡る／飄洋過海。

1. 「国宝が初めて海を渡る。」／國寶首次越洋到了國外。

2. 「この企画で技術が海を渡るようになった。」／因為這項企畫，使得技術傳到了國外。

原意為越過海洋。意指到另一個國家，或從另一個國家而來。不論日本或台灣皆為一個島國，因此「海を渡る」理所當然是意指「越過國境」。

10月15日

有無相通(うむあいつう)ずる／互通有無。

1. 「有無相通(うむあいつう)ずるのは、もともと人情(にんじょう)の常(つね)である。」／互通有無，本是人之常情。
2. 「世界(せかい)が一つの国(くに)になれば関税(かんぜい)もなく、物(もの)が有無相通(うむあいつう)ずる。」／這世界如果變成一個國家的話，那麼也就沒有關稅，各地也能互通有無了。

本句出自史記，意指兩方互有長短，於是藉著互相交流、傳遞資訊、進行交易以求進步的意思。

10月16日

有無(うむ)を言(い)わせず／不由分說。不分青紅皂白。

1. 「彼(かれ)は有無(うむ)を言(い)わせず、荷物(にもつ)を引(ひ)っ張(ぱ)っていった。」／他不由分說便把行李拖走了。
2. 「有無(うむ)を言(い)わせず、彼女(かのじょ)に部屋(へや)から追(お)い出(だ)された。」／她不分青紅皂白便將我從房間裡給趕了出來。

意指不管對方知情或不知情，不理會對方的反應，便強行依照自己的意思行事的意思。用在形容人的態度或自己遭受的對待。

梅(うめ)と桜(さくら)／相映成輝。

1. 「梅(うめ)と桜(さくら)の婀娜(あだ)くらべ。」／競相爭妍。
2. 「『梅(うめ)と桜(さくら)』というのは慣用句(かんようく)で、美(うつく)しいものや良(よ)いものが並(なら)んでいるさまを指(さ)す。」／「梅と桜」這個慣用句是指美麗、良好的事物並列的樣子。

原意是指櫻花顏色好、梅花有清香。比喻美好、出色的事物並列，兩件美好事物相映成輝。

梅(うめ)に鶯(うぐいす)／絕配。

1. 「あのふたりはまさに梅(うめ)に鶯(うぐいす)だね。」／他們兩個還真是絕配呢。
2. 「芸能人(げいのうじん)カップルはさすがにどちらも美(うつく)しく、梅(うめ)に鶯(うぐいす)という感(かん)じだった。」／那對藝人不愧是雙方都很美，感覺就是絕配。

梅花和黃鶯都是春天的代表性動植物，意指兩者調性相合，非常搭調之意。用於形容人時，意指兩人感情很好、氣氛和諧。

10月19日

裏(うら)がある／另有內情。

1. 「この件(けん)は裏(うら)があるんだ。」／這件事另有隱情。
2. 「彼(かれ)の話(はなし)は裏(うら)がある。よく考(かんが)えてみよう。」／他話中有話，你再仔細想想吧。
3. 「この物事(ものごと)には必(かなら)ず何(なに)か裏(うら)がある。」／這件事肯定另有隱情。

意指事情不像表面所呈現的那樣單純，其中包含較其他更複雜內情的意思。用在形容人的情況時，其意為人有其不為人知的一面。

裏目(うらめ)に出(で)る／事與願違。不如預期。

1. 「することなすこと裏目(うらめ)に出(で)る。」／事與願違。
2. 「投手交代(とうしゅこうたい)が裏目(うらめ)に出(で)る。」／投手交換名單不如預期。
3. 「妥協(だきょう)したことが裏目(うらめ)に出(で)る。」／妥協的事不如預期。

意指事情的結果與事前預料的完全相反，或是所期待的有落差、不符期待。含有失落的情緒。

裏へ回る（うらへまわる）／背地裡。暗地裡。

1. 「裏へ回って悪口を言う。」／在別人背後說人的不是。
2. 「ばれないように裏へ回って画策する。」／不讓任何人發現地，在背地裡策畫。

意指不光明正大地行事，悄悄地在背後做事，不讓人知道的樣子。有偷偷摸摸的意思，通常用於負面情況。

裏を返す（うらをかえす）／話中眞意。換句話說。事實上。

1. 「『安全第一』と彼は言うが、裏を返せばやる気がないということだ。」／在他所謂的「安全第一」，其實真正的意思是他沒有幹勁的意思。
2. 「彼は几帳面だが、裏を返せば融通が利かないということだ。」／與其說他是遵規蹈矩，事實上是不近人情才對。

此慣用句的意思是「回到事情的內部」，也就是看到事情裡面真正的樣子。通常用條件形「ば」來做連接。

10月23日

裏(うら)をかく／將計就計。

1. 「バントと見(み)せかけて裏(うら)をかき強打(きょうだ)に転(てん)ずる。」／將計就計讓對方以為要擊出短打，再改為強打。
2. 「相手(あいて)の裏(うら)をかいて快勝(かいしょう)した。」／將計就計讓對手以為自己著了道，再擊敗對方。

這個慣用句的意思是指看穿對方的計畫，再做出反應、出其不意以取得勝利。依情況也可譯為「先下手為強、鑽漏洞」等。常用在比賽勝負之上。

10月24日

裏(うら)を取(と)る／釐清（眞相）。

1. 「犯人(はんにん)の自白(じはく)の裏(うら)を取(と)る。」／釐清犯人自白的真偽。
2. 「どんな情報(じょうほう)も発信源(はっしんげん)の意図(いと)が含(ふく)まれているから、裏(うら)を取(と)らなければならない。」／不管是什麼樣的資訊都含有其來源的目的，因此必須求證。

此句意指看向事情的內部，含有探求真相的意思。通常用在確認事件或資訊的真偽，常用於警方辦案或確認資訊真偽等場合。

埋もれ木に花が咲く／枯木逢春。

1. 「あの歌手が再びヒット曲に恵まれるとは、埋もれ木に花が咲いたんだね。」／那位歌手又再次唱出暢銷歌曲，真是枯木逢春呢。

2. 「ようやく埋もれ木に花が咲いて、いいことがあった。」／終於風水輪流轉，遇到好事了。

原意為腐朽在土裡的枯木也會長出花朵。形容長期不如意的人，突然遇到了好事。亦有風水輪流轉、世事難料之意。

恨み骨髄に徹す／恨之入骨。

1. 「あいつには恨み骨髄に徹している。」／我對那傢伙恨之入骨。

2. 「人を人とも思わぬような金の亡者である社長に対しては恨み骨髄に徹す。」／我對不把人當人看的守財奴社長感到恨之入骨。

形容對人的怨恨極深的樣子。需注意的是，這句的動詞是「徹す」，常有日文學習者錯用為「達す」。

10月27日

恨み(うら)に報(むく)ゆるに徳(とく)を以(もっ)てす／以德報怨。

1. 「彼(かれ)には何度(なんど)も裏切(うらぎ)られて、辛(つら)い目(め)に遭(あ)ってきたが、恨(うら)みに報(むく)ゆるに徳(とく)を以(もっ)てすで、何(なに)か困(こま)っていることがあるなら、相談(そうだん)にのってあげよう。」／雖然屢次遭到他的背叛、歷盡艱辛，但以德報怨，如果他有甚麼困擾，還是跟他談談吧。
2. 「第二次大戦(だいにじたいせん)が終(おわ)った時(とき)、蔣介石総統(しょうかいせきそうとう)が『恨(うら)みに報(むく)ゆるに徳(とく)を以(もっ)てす』と言(い)って、日本軍将兵(にほんぐんしょうへい)を日本(にほん)に送(おく)り還(かえ)した。」／第二次大戰結束時，蔣介石總統提出「以德報怨」，將日本軍官送回日本。

意指以寬宏的態度包容曾經怨恨、加害自己的人。出自老子的《道德經》。

10月28日

恨(うら)みを買(か)う／得罪。遭嫉恨。

1. 「世(よ)の中(なか)、人(ひと)の恨(うら)みを買(か)うことほど怖(こわ)いものはない。」／世上再沒有比遭人嫉恨更可怕的事。
2. 「警察関係(けいさつかんけい)や官庁(かんちょう)、病院(びょういん)、債権(さいけん)の回収業(かいしゅうぎょう)などは人(ひと)の恨(うら)みを買(か)う仕事(しごと)だ。」／跟警察相關或官府、醫院、討債等，都是會得罪人的職業。

意指遭到別人的怨恨。由於「買(か)う」是己方的動作，意指自己「得到」別人的怨恨。所以敘述自己遭怨恨時，不可使用被動形態。

10月29日

恨みを飲む／飲恨。抱憾。

1. 「私は恨みを飲んで和解に応じた。」／我是含恨以和解解決的。
2. 「ここに眠る人口は恨みを飲んで死んでいったのであろう。」／在此長眠的人都是抱憾而終的吧。

與中文的「飲恨」意思相同。形容人心中充滿遺憾，以無奈的心情迎向結局之意。

瓜に爪あり爪に爪なし／瓜字有爪，爪字沒有爪。

1. 「瓜と爪の字はよく似ています。書くときに注意してください。瓜に爪あり爪に爪なしです。」／瓜的字形與爪很相似。寫時請注意是瓜字有爪，爪字沒有爪。
2. 「この字、間違えているよ。「とうがん」は冬に爪ではなくて、冬に瓜だよ、瓜に爪あり爪に爪なしだよ、瓜の字には点があるの。」／這個字是錯的，冬瓜的「瓜」不是「爪」，是「瓜」，瓜字有爪，爪字沒有爪。

字形很相似的「瓜」和「爪」字，有趣地認識筆畫不同的單字。「爪」的意思是指「瓜」字下部的那一點，而「爪」字下部卻無那一點。

10月31日

瓜の蔓に茄子はならぬ／瓜藤上結不出茄子。烏鴉窩裡出不了鳳凰。

1. 「息子は、私に似てか勉強が全くできない。瓜の蔓に茄子はならぬだな。」／兒子與我相像不善案牘之事，就如同俗語說瓜藤上結不出茄子。
2. 「あの子は、将来医者になりたいと言うけど、今の学校の成績ではむりね。瓜の蔓に茄子はならぬ。お父さんの後を継いで漁師になったほうがいいわね。」／兒子將來想成為醫生，不過，依目前的在校成績很難達到目標。瓜藤上結不出茄子的果實。最好是繼承父志成為漁夫。

原意為瓜藤上不可能結出茄子的果實。意指平凡的父母生不出非凡的孩子，因為孩子會與父母相似。比喻前因後果的道理。

11月

- 11月01日
- 11月02日
- 11月03日
- 11月04日
- 11月05日
- 11月06日
- 11月07日
- 11月08日
- 11月09日
- 11月10日
- 11月11日
- 11月12日
- 11月13日
- 11月14日
- 11月15日
- 11月16日
- 11月17日
- 11月18日
- 11月19日
- 11月20日
- 11月21日
- 11月22日
- 11月23日
- 11月24日
- 11月25日
- 11月26日
- 11月27日
- 11月28日
- 11月29日
- 11月30日

11月01日

瓜二つ／長得一模一樣。

1. 「この子は、お父さんに瓜二つですね。」／這個孩子和他的父親像是從一個模子刻出來的。
2. 「あの双子の姉妹、本当に瓜二つね、見分けがつかないわ。」／那對雙胞胎姊妹，真的是長的一模一樣。

原意為好像把瓜分成了二半。比喻父母和子女、兄弟等的容貌相似的意思。

11月02日

売り言葉に買い言葉／你一言我一語地頂嘴。對罵。你罵一句，我還一句。

1. 「彼女と喧嘩するつもりはなかったけど、売り言葉に買い言葉でついつい、本意ではない暴言を吐いてしまった。」／本來不想跟她吵，不過因為挑釁的話不知不覺地還口，終究還是說出違背本意的話。
2. 「喧嘩の仲裁に入った彼だが、罵声を浴びせられ売り言葉に買い言葉で、むきになって怒鳴り返した。」／介入調停的他，反而被痛罵，當事人罵一句，他回一句，以致於他為此發怒。

小提醒

意指因對方的蠻橫不講理，自己也以同樣的方式還擊。另有所謂的「爭吵買賣」（けんかを売る、けんかを買う）等相關語。例如：「爭吵賣出」（けんかを売る）有挑釁的意義；反之，接受者則稱作「爭吵買進」（けんかを買う）。

11月03日

運の尽き／好運用盡。運數已盡。氣數已盡。

1. 「彼と結婚したのが運の尽き、私の人生はろくなことがない。」／和他結婚用光了我的好運，自此我的人生沒一件好事。
2. 「このロープが切れたら運の尽きだ、谷底に落ちて死んでしまう。」／如果這繩子斷了，便是氣數已盡，墜入無底深淵。

意指命運竭盡成為最後的時候，無法從災難和討厭事中逃跑。亦指山窮水盡之際，已無後路可退。

運は天にあり／天掌命運。成事在天。

1. 「運は天にあり、私がどうあがいても、この悲惨な運命から逃れることができない。」／命運由天，我怎麼努力，都不能逃離這悲慘的命運。
2. 「やれる事はやろう！運は天にあり、あとは自然の成り行きに任せるしかない。」／盡己所能，成事在天，對將來只有聽其自然。

意指命由天定，只能順其自然。另一方面，亦指盡己所能地努力，但能否成功，還是由上天決定。

運(うん)を天(てん)に任(まか)せる／聽天由命。

1. 「やれる事(こと)はもうやった、あとは運(うん)を天(てん)に任(まか)せよう。」／我們能做的事已經做了，就聽天由命吧。
2. 「私(わたし)にできる事(こと)はもう何(なに)もない、いまはただ運(うん)を天(てん)に任(まか)せて待(ま)つしかない。」／現在我沒有什麼能做的事，只能聽天由命。

意指不管結果好壞，用心盡力做事。亦指命運就交由上天安排。

蘊蓄(うんちく)を傾(かたむ)ける／運用淵博的知識。

1. 「これは私(わたし)が蘊蓄(うんちく)を傾(かたむ)けて書(か)いた本(ほん)です。」／這是竭盡我淵博的知識所寫的書。
2. 「昨晩(さくばん)、友人(ゆうじん)とお酒(さけ)を飲(の)みながら、政治(せいじ)について蘊蓄(うんちく)を傾(かたむ)けた。」／昨晚，和朋友喝酒時，提到有關政治知識的話題。

意指竭盡自己所有的知識及技能的全部，傾注積蓄的全部知識。

11月07日

柄の無い所に柄を挿げる／強詞奪理。牽強附會。雞蛋裡挑骨頭。

1. 「お酒は体にいいと言う人がいるが、それは柄の無い所に柄を挿げるようなものだ。」／有人說酒對身體好。不過，那是牽強附會的說法。
2. 「夫は私が特に失敗もしていないのに、柄の無い所に柄を挿げて、私に罵声をあびせた。」／我沒有很大的過失，丈夫卻雞蛋裡挑骨頭地責罵我。

意指勉強找出牽強附會的理由。找藉口或者找人家的碴，吹毛求疵之意。

11月08日

海老で鯛を釣る／一本萬利。拋磚引玉。

1. 「あの投資は海老で鯛を釣るような物だったよ。」／那項投資是拋磚引玉的示範。
2. 「こんな安いプレゼントで彼女の気持ちを引く事ができて、お前本当に海老で鯛を釣ったな。」／給她這麼廉價的禮物能博得她的歡心，你真是撿到便宜了。

原意為以蝦子釣到了鯛魚。意指僅以小小的勞力或物品，去換得巨大的利益。

11月09日

海老の鯛交じり／強中有弱。賢中有愚。

1. 「うちの会社にあんな仕事のできない奴が入ってくるなんて、まさに海老の鯛交じりだな。」／那麼不會工作的人，竟然也進入我們公司，簡直是強中有弱。
2. 「あの弱小チームがこの試合に参加するなんて、海老の鯛交じりだよ。」／那弱小的隊伍参加這項比賽，真的強中有弱。

意指強者中攙雜弱小的東西，賢者中攙雜愚者，傑出的東西中，攙雜拙劣的東西。

11月10日

縁と浮き世は末を待て／好事要耐心地等待。

1. 「あせって恋人を探すものではない、縁と浮き世は末を待てっていうだろ。」／不用急著尋找戀人，好事多磨，需要耐心的等待。
2. 「縁と浮き世は末を待て、焦らず待っていればお前にも出世のチャンスがくるよ。」／好事要耐心地等待，不要著急，將來你也一定會有發跡的機會喲！

意指對良緣和世間的良機，不要著急，踏踏實實地等候較好。

11月11日

縁なき衆生は度し難し／無縁衆生難超渡。

1. 「あいつに何を言っても、聞かない、縁なき衆生は度し難しだな。」／對那傢伙說什麼都聽不進去，只能說是無緣衆生難超渡。
2. 「僕はもうあいつを見放した。縁なき衆生は度し難し、彼に説得は無意味です。」／我已經不管他了。無緣衆生難超渡，勸導他是無意義的。

原意為對於無緣聽佛法的人，沒有辦法對其伸出援手。意指沒有辦法幫助不聽別人意見的人，只能因為沒有緣分而死心。

11月12日

縁に付く／說媒。出嫁。

1. 「あの女性は故郷に帰って縁に付いた。」／那女生回家鄉結婚了。
2. 「娘はそろそろ縁に付いてもいい年頃なのに、まだ独身で仕事をしている。」／女兒差不多到了結婚的年齡，但還形單影隻地工作。

本慣用句有出嫁及嫁女兒的意思。

11月13日

縁(えん)に付(つ)ける／打發出嫁。

1. 「娘(むすめ)を専務(せんむ)の息子(むすこ)へ縁(えん)に付(つ)ける。」／把女兒嫁給董事的兒子。
2. 「娘(むすめ)ももう三十路(みそじ)だ、早(はや)く縁(えん)に付(つ)けなければ。」／女兒已經三十歲，該盡早讓她出嫁。
3. 「娘(むすめ)を商家(しょうか)に縁(えん)に付(つ)ける。」／將女兒嫁給商人之家。

意指讓女兒出嫁，也有招贅的意思。

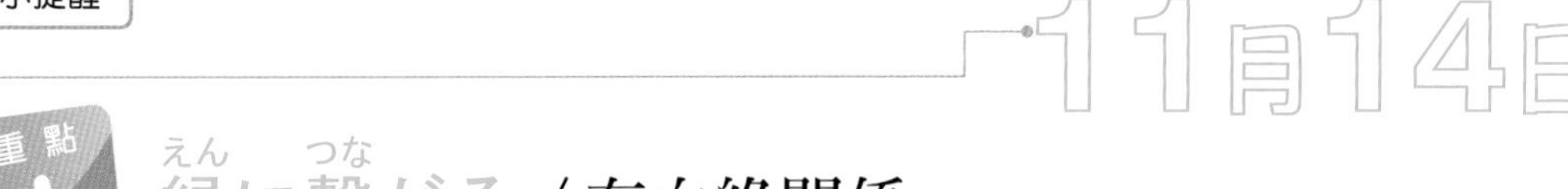

11月14日

縁(えん)に繋(つな)がる／有血緣關係。

1. 「我(わ)が家(いえ)は皇室(こうしつ)とも縁(えん)に繋(つな)がる。」／我家與皇室也有血緣關係。
2. 「私(わたし)は中村(なかむら)の縁(えん)に繋(つな)がる者(もの)です。」／我是中村的遠親。
3. 「私(わたし)と彼女(かのじょ)は縁(えん)に繋(つな)がる人(ひと)です。」／我跟她是有親屬關係的。

意指雙方有血緣關係。在婚禮和葬禮的介紹時，常被使用。

11月15日

縁に連るれば唐の物を食う／有緣千里來相會。

1. 「まさか、あの有名人と知り合えるなんて、まさしく縁に連るれば唐の物を食うですね。」／能與那個名人相識，實在是有緣千里來相會啊。

2. 「外国で就職して、出会ったアメリカ人と結婚するなんて、以前は想像だにしなかった。こういうのを縁に連るれば唐の物を食うっていうんだよね。」／在外國工作，與認識的美國人結婚，是意料之外的事。這就是俗語說的有緣千里來相會吧！

原意為如果有緣，外地的食物也有機會品嚐。比喻由於某些因緣際會和意想不到的事而產生關係。

11月16日

縁は異なもの味なもの／緣份不可思議。

1. 「あの二人が結婚するなんて、本当に縁は異なもの味なものね。」／那兩個人竟然會結婚，真是不可思議的緣份。

2. 「縁は異なもの味なものというのは本当だね、あんなに仲が悪かったのに、お前が彼女と結ばれるなんて、思いもよらなかったよ。」／緣份真是不可思議，你們關係那麼差，竟然會與她成為夫妻，萬萬沒想到喲！

比喻不知男女姻緣是怎樣安排，造化巧妙不可思議。

縁もゆかりもない／毫無關係。

1. 「震災で大きな被害を受けた町に、縁もゆかりもない人から多くの義援金が届いた。」／因震災受害的城市，收到許多外界的賑災捐款。
2. 「仕事で縁もゆかりもない田舎に転勤になった。」／由於工作調動，我搬到人生地不熟的鄉下。

本慣用句意指沒有關聯和關係，什麼關係都沒有。常用於人和地方。

11月18日

縁を離る／斷絕世俗人間之緣。

1. 「隠居生活は縁を離れて、田舎で静かに暮らしたい。」／隱居遠離俗世，想在鄉下安靜地生活。
2. 「彼は世間の柵を嫌い、仕事を辞め、縁を離る。」／他厭惓世上的俗務，遂辭去工作，斷絕俗世因緣。

小提醒

本慣用句意指斷絕與世俗的關係。

11月19日

縁(えん)を結(むす)ぶ／結緣。

1. 「彼(かれ)とは職場(しょくば)で知(し)り合(あ)い、去年(きょねん)縁(えん)を結(むす)ぶ事(こと)になりました。」／去年和他結緣，與他在工作崗位上相識。
2. 「あの神社(じんじゃ)の御守(おまも)りをもらうと、良(よ)い縁(えん)を結(むす)ぶ事(こと)ができるそうです。」／聽說得到那座神社的庇佑，就能締結良緣。

本慣用句是指結夫婦和繼子等之緣。

11月20日

縁起(えんぎ)でもない／不吉利。不是好兆頭。

1. 「事故(じこ)にあいそうだなんて、縁起(えんぎ)でもない事(こと)を言(い)うな。」／別說會遇到事故那種不吉利的話。
2. 「縁起(えんぎ)でもない話(はなし)で恐縮(きょうしゅく)ですが、もしもの事(こと)を考(かんが)えて、生命保険(せいめいほけん)に加入(かにゅう)した方(ほう)がいいですよ。」／不好意思說不吉利的話，不過要考慮萬一發生意外，最好投保人壽保險喲！

本慣用句意指沒有好的前兆的意義，亦即不吉利、緣份不佳。

11月21日

縁起(えんぎ)を祝(いわ)う／祈禱祝福。

1. 「門松(かどまつ)は新年(しんねん)の縁起(えんぎ)を祝(いわ)う物(もの)です。」／門松是祈求新年好運的東西。
2. 「縁起(えんぎ)を祝(いわ)うために家内(かない)に神棚(かみだな)が設(もう)けてある。」／為了祈求好運在家設置著神龕。

本慣用句意指祈願為使有好事降臨。

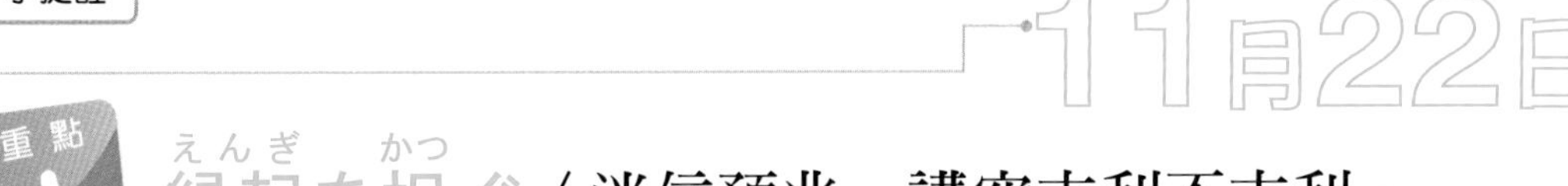

11月22日

縁起(えんぎ)を担(かつ)ぐ／迷信預兆。講究吉利不吉利。

1. 「ホテルの部屋(へや)は四階(よんかい)だったので、縁起(えんぎ)を担(かつ)いで、部屋(へや)を変(か)えてもらった。」／原本要住飯店四樓的房間，但覺得不吉利，請求換到別間房間。
2. 「年越(としこ)し蕎麦(そば)は大晦日(おおみそか)に、縁起(えんぎ)を担(かつ)いで食(た)べられる蕎麦(そば)です。」／除夕時吃蕎麥麵的習俗，是為祈求好運而食用。

本慣用句意指因為忌諱某些細節，而感到好或不好的預兆。

11月23日

尾に尾を付ける／渲染誇張。添油加醋。

1. 「彼はいつも尾に尾を付けて話し、私たちを驚かせる。」／他總愛誇大其詞，讓我們感到吃驚。
2. 「週刊誌の芸能ネタは、尾に尾を付けた話が多い。」／週刊雜誌的影視圈新聞，總是有很多渲染誇張的話。

本慣用句意指加上事實以外的事，並且誇大地描述。

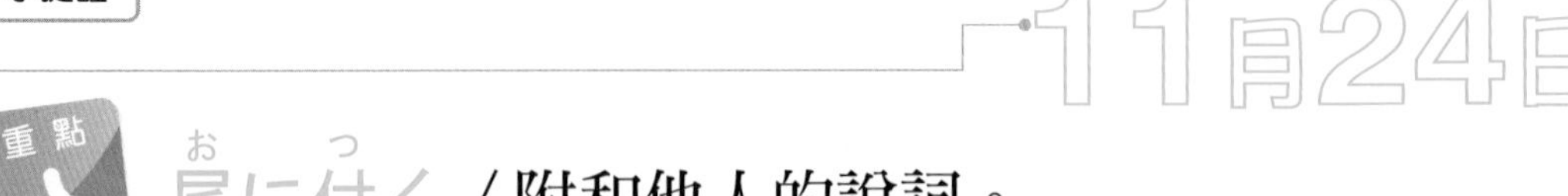

11月24日

尾に付く／附和他人的說詞。

實用語句

1. 「彼はいつもガールフレンドの尾に付いて物事を選ぶ。」／他總是附和著女朋友的決定。
2. 「彼は会議中、ずっと黙っていたが、私の尾の付いて発言をした。」／他會議中一直默不作聲，卻附和我的發言。

本慣用句意指根據別人的話及行動，跟在後面附和。通常是指趁別人的發言來表示自己意見的人。

尾を泥中に曳く／曳尾塗中。

1. 「私は出世するよりも、田舎でゆっくりと生活をしたい。尾を泥中に曳いて暮らしたい。」／與其要成功，不如在鄉下悠閒地過日子。想要隱居度日。
2. 「彼は本当に欲のない人だ、才能があるのに、故郷に帰って、生活をしている。本当に尾を泥中に曳くというやつだね。」／他真的是無欲之人。雖有才幹，卻願返鄉生活，隱世不出。

比喻隱居不出。出自《莊子·秋水》：「莊子持竿不顧。曰：吾聞、楚有神龜、死已三千歲矣。王巾笥而藏之廟堂之上。此龜者寧其死爲留骨而貴乎、寧其生而曳尾於塗中乎。」

尾を引く／留下痕跡。影響深遠。

1. 「数年前のいさかいがまだに尾を引いている。」／數年前的糾紛到現在還有影響。
2. 「過去の失敗が尾を引いて、未だにみんなから白い目で見られている。」／因過去的失敗留下深刻印象，至今還被大家翻白眼看。

意指事情結束以後，持續仍有影響。亦指壞事接連不斷。

11月27日

尾を振る／拍馬屁。諂媚。

1. 「あいつはいつも上司に尾を振って嫌らしいやつだ。」／那個傢伙總是對上司拍馬屁，真是可憎的傢伙。
2. 「日本は隣国に尾を振る外交でみっともない。」／日本諂媚鄰國的外交政策不像樣。

原意為狗對飼主諂媚搖尾巴的意思。意指對上位者逢迎拍馬。

11月28日

追いつ追われつ／伯仲之間。不相上下。

1. 「駅伝競走で、今日もまたその両校は追いつ追われつの接戦を演じた。」／今天的接力賽，兩校又演出不相上下的激戰。
2. 「追いつ追われつの展開だったが１０回小山投手が決勝本塁打を浴び敗戦。」／雖是伯仲之間的展開，但在第十回合因小山投手的決勝全壘打而敗戰。

此句用於兩者實力相差無幾的情況，像是比賽之類的狀況使用的情形較多。

負うた子に教えられて浅瀬を渡る／智者千慮，必有一失；愚者千慮，必有一得。

1. 「ということで、子供の方に目を向けた方がいろいろ面白いし、参考になります。実際、昔の人は、負うた子に教えられて浅瀬を渡るという諺を残しています。」／就像這樣，從小孩的視點來看事情，會有很多有趣並值得參考的地方。事實上以前的人曾留下智者千慮，必有一失的諺語。

2. 「負うた子に教えられて浅瀬を渡ると言います。今回は私が指摘できたまでの事ですよ。」／所謂：智者千慮，必有一失；愚者千慮，必有一得。只是這次是由我來給予建言罷了。

此句除了用在被後輩或年幼者指導之外，還可用於因為自滿而不知自身缺點的狀況。

負(お)うた子(こ)より抱(だ)いた子(こ)／內外有別。親疏有別。

1. 「別(べつ)に彼女(かのじょ)のことを諦(あきら)めるわけではない、負(お)うた子(こ)より抱(だ)いた子(こ)よ、妹(いもうと)のことが先(さき)に解決(かいけつ)するだけ。」／並不是不管她的事，只是親疏有別,所以先解決我妹妹這邊的問題而已。
2. 「負(お)うた子(こ)より抱(だ)いた子(こ)、同僚(どうりょう)たちの困難(こんなん)を面倒(めんどう)することが先(さき)にする。」／內外有別，先處理同事們的困難再說。

此句用於對行事狀況遇到有親疏之別而影響行事之時，所採取的優先順序的情形。

12月

- 12月01日
- 12月02日
- 12月03日
- 12月04日
- 12月05日
- 12月06日
- 12月07日
- 12月08日
- 12月09日
- 12月10日
- 12月11日
- 12月12日
- 12月13日
- 12月14日
- 12月15日
- 12月16日
- 12月17日
- 12月18日
- 12月19日
- 12月20日
- 12月21日
- 12月22日
- 12月23日
- 12月24日
- 12月25日
- 12月26日
- 12月27日
- 12月28日
- 12月29日
- 12月30日
- 12月31日

負わず借らずに子三人／美滿家庭。

1. 「『世の中は年中三月常月夜嬶十七俺三十負わず借らずに子三人。』これが江戸時代の庶民の願望です。」／整年的天氣都跟三月一樣溫暖，晚上的月亮總是如此的明亮，妻子十七歲，我三十歲，不用負責無聊的事，也沒有負債，又有著三個小孩。這便是江戶時期的平民所期望的生活。
2. 「結婚おめでとう、これからは負わず借らずに子三人の生活を目指せよ！」／恭喜結婚，以後要以幸福美滿的家庭生活為目標前進喔！
3. 「私の家庭は負わず借らずに子三人とのことです。」／我的家庭就是所謂的幸福家庭。

此句多用於祈願跟祝福，像是希望結婚時的新人，以後能過著幸福的家庭生活時，就可以使用此句。

12月02日

大きな御世話／多管閒事。

1. 「相手の求めているものが何なのかをしっかりつかんでおかないと、どんなに良い事でも小さな親切、大きな御世話になってしまうのです。」／要是不確定對方需要的是什麼的話，不管多好的事情，多小的善意，都會演變成多管閒事。
2. 「鳥取県の平井伸治知事はこれを受け、『大きな御世話だ』と不快感をあらわにしている。」／鳥取縣的平井伸治知事對此表示：「多管閒事」，明顯地表現出不愉快。

小提醒

此句多用於對方做出多餘的事，而使人感到不快的狀況，不只限定於說話者感受，也可用於形容他人的感受。

12月03日

大きな顔／妄自尊大。逞威風。

1. 「高齢者がどうして悪い？老人よ、大きな顔をするな。」／高齡者為什麼不好？老人喔，別妄自尊大了。
2. 「田中容疑者は『俺の名前を使って仲間内で大きな顔をしている』と因縁を付けたという。」／田中嫌疑犯表示跟受害人曾經有過以下的過節；「他使用我的名字在夥伴的面前逞威風。」

小提醒

此句除了妄自尊大的用法之外，還可用於形容做了壞事卻表現出無所謂的態度。

大きな口をきく／自吹自擂。

1. 「あたしは別に全然よかったけど、それだけ大きな口をきくなら、豪華なレストランや料亭に連れっていってからにしてほしかった。」／我完全無所謂，不過既然你這樣說的話，希望能去高級的餐廳或料亭。
2. 「しかしまあ、A氏がこんなに大きな口をきくのも、匿名の假面を被っているから。」／只不過，A氏可以這樣自吹自擂，也是因為有了匿名這個偽裝的關係吧。

此句多用於形容他人自吹自擂的時候，並不是什麼禮貌的話，因此請盡量少用。

12月05日

大手を振る／肆無忌憚地走。無恥。厚臉皮的。

1. 「太陽の下で大手を振って歩きたい。」／想在太陽底下光明正大地行走。
2. 「大手を振って帰って来ると思っているかもしれない。」／本來還以為你會厚著臉皮的回來。

此句除了可以形容人厚臉皮之外，還可以表示光明正大。根據文意可以是褒也可以是貶，使用時請小心。

12月06日

大目に見る／睜隻眼閉隻眼。

1. 「だから、大目に見るという社会システムが重要なのだ。」／所以，睜隻眼閉隻眼在社會上是很重要的。
2. 「私は，お前の行為を大目に見ることができない。」／我沒辦法對你的行為睜隻眼閉隻眼。

此句用於對人的錯誤行為表現寬容，或是說話者故意對對方的行為裝作視而不見的時候。

12月07日

遅れを取る／落後。

1. 「この分野は確かに米国企業に遅れを取っています。」／在這個分野上確實落後於美國。
2. 「わが国の政治家たちが何も知らないまま『韓国に遅れをとるな』などと言い出したから。」／都是因為我國的政治家們什麼都不知道的就說出：「不要落後於韓國」之類的話。

此句表示落後於某個對象。另外，改成禁止形的話，則可以變成不要落後於某個對象。

12月08日

押しも押されもせぬ／無庸置疑。

1. 「押しも押されもせぬ人気店です。」／這間店是無庸置疑的人氣商店。
2. 「将来の目標は押しも押されもせぬ大実業家になることです。」／將來的目標是成為無庸置疑的大實業家。

此句表示被形容的人、事、物的成就或實力，是無庸置疑的。使用時多表示正面的意思。

12月09日

遅きに失する／為時已晚。

1. 「遅きに失した感がありますが、金融業者の行為に対して行政から「営業停止」という処分が下りました。」／雖然感覺有點遲了，不過還是對金融業者的行為做出了停止營業的處分。
2. 「遅きに失する前に、いかに労使関係を調整するか。」／在變的為時已晚之前，如何對勞資關係進行調整呢？

此句用於形容無法挽回的事態。另外，此句經常與「感があります」做連接，有加強的效果。

12月10日

恐れ入谷の鬼子母神／不敢當。抱歉。

1. 「いやいや、恐れ入谷の鬼子母神です。」／哪裡，不敢當。
2. 「恐れ入谷の鬼子母神ですが、こちらのセミナーは中止となりました。」／很抱歉，此次的講課中止了。

此句跟「恐れ入ります」的意思相同，不過較為詼諧。對初次見面的對象不要使用為佳。

12月11日

恐れをなす／惶恐不安。

1. 「恐れをなすなんてあなたらしくない。」／會這樣惶恐不安，真不像你。
2. 「自分にこんな欲望があったということにパートナーは恐れをなすのではないだろうか。」／自己有這樣的欲望是否會讓夥伴惶恐不安呢？

此句除了單純表示害怕之外，還可用於對某項厲害的東西感到退縮的感情，例如：「参加者の多さに恐れをなして引き下がる」（因為參加者太多了所以放棄了），像這樣的用法也是有的，請多加注意。

男(おとこ)が廃(すた)る / 不是男人。

1. 「ここで負(ま)けたら男(おとこ)が廃(すた)る。」／在這裡輸了的話，就不是男人。
2. 「ここでキメなきゃ男(おとこ)が廃(すた)る。」／要是不在這裡解決的話，就不是男人。

使用此句時，前方多為假定形。意指要是不怎麼做的話，就會失去男人的顏面，這種用法較為常見。

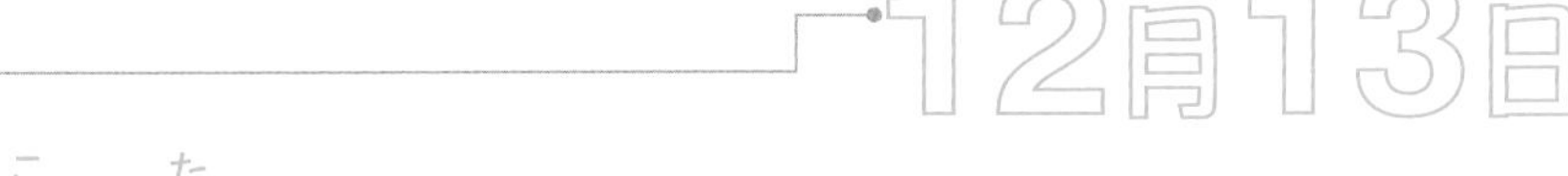

12月13日

男(おとこ)が立(た)つ / 保住男人的面子、名譽。

1. 「貴方(あなた)がここから逃(に)げれば、男(おとこ)が立(た)たない。」／你要是從這裡逃走的話，你身為男人的顏面何在。
2. 「このお化(ば)け屋敷(やしき)に入(はい)らないと、男(おとこ)が立(た)たない。」／要是不進去這間鬼屋的話，就失去作為男人的顏面了。

此句跟上一句「男(おとこ)が廃(すた)る」有異曲同工之妙，前方同樣多為假定形，而本句則改成否定形，變成不怎樣做的話，就會失去面子。雖然跟「男(おとこ)が廃(すた)る」的用法稍有不同，但也只是多了一個變化而已，相信使用時應該不會有什麼問題。

12月14日

男心と秋の空／男性易移情別戀。

1. 「男心と秋の空という格言は真理だと思うのですが、体験談などお聞かせください。」／雖說男人易移情別戀這句話是真理，是否可以說一下經驗呢？
2. 「男心と秋の空のとおり、あの男はすぐに彼女をふれて別の女性に心を移した。」／就如同俗話說：「男性易移情別戀」，那個男的甩了女朋友之後，馬上移情別戀到別的女人身上。

此句的對象主要限定為男性，但是日本最近將「男心」改成「女心」的例子也不少，意思變成女性易移情別戀，使用時可以依據情況做變化。

12月15日

男になる／獨當一面的男人。

1. 「明日から男になる。」／從明天開始我就是獨當一面的男人。
2. 「このブログ、1分読めば、男になる。」／花一分鐘看這個部落格的話，就可以成為獨當一面的男人。

本慣用句雖然還有還俗之意，不過此用法較少看到，主要的用法還是用於介紹之時。

12月16日

男(おとこ)の心(こころ)と大仏(だいぶつ)の柱(はしら)は太(ふと)うても太(ふと)かれ／大膽包天。

1. 「男(おとこ)の心(こころ)と大仏(だいぶつ)の柱(はしら)は太(ふと)うても太(ふと)かれ、この程度(ていど)の困難(こんなん)で怖(こわ)がるな。」／男人就該大膽包天，不要害怕這種程度的困難。
2. 「あの人(ひと)は男(おとこ)の心(こころ)と大仏(だいぶつ)の柱(はしら)は太(ふと)うても太(ふと)かれ、まさか一人(ひとり)で敵陣(てきじん)に潜入(せんにゅう)するとは。」／那個男人大膽包天，沒想到居然會一個人潛入敵陣。

此句為形容人的膽量大，不過形容對象限定為男人，請小心不要拿來形容女性。

12月17日

男(おとこ)の目(め)には糸(いと)を引(ひ)け女(おんな)の目(め)には鈴(すず)を張(は)れ／男人的眼睛要凜然有神，女人則要圓圓大眼。

「昔(むかし)から、『男(おとこ)の目(め)には糸(いと)を引(ひ)け、女(おんな)の目(め)には鈴(すず)を張(は)れ』といいます。」／從以前就有「男人的眼睛要凜然有神，女人則要圓圓大眼」的說法流傳。

這是以前的日本人對外表的喜好所留下的諺語。不過個人的喜好還是有所不同，因此也有在使用此句之後，再補充說明自己喜好的用法。

12月18日

男は気で持て／男人要有氣魄。

1. 「男は気で持て、次の試合は私が出る。」／男人要有氣魄，下一場比賽由我來。
2. 「男は気で持て、こうしないと、女の子にはモテないよ。」／男人要有氣魄，要不然的話會不受女性歡迎喔。

此句為形容男人的行為方式該有氣魄。因此用錯的話，會有嘲弄之意。

男は敷居を跨げば七人の敵あり／男人在出社會後會遇到許多敵人。

「男は敷居を跨げば七人の敵あり、男というものはつらいもので、世の中に出て活動するのには、多くの競争相手や敵がいるものだ。」／男人出社會後會遇到許多敵人，男人是種辛苦的生物，在出社會後，會有許多的競爭對手或敵人存在。

此句多用於警示剛出社會的新鮮人，一般是由前輩或有經驗者來使用此句的情形較多。

男は辞儀に余れ／男人以禮爲先。

1. 「男は辞儀に余れだ。それでいいんだよ。」／男人以禮為先，那樣做就對了。
2. 「男は辞儀に余れと言う格言があるが、男性だけではなく、女性にとっても必要な嗜みだと思う。」／雖說有人以禮為先這句話，但是我認為不只有男性，女性也需要這樣的教養才是。

此句的意思為男人要非常有禮貌才行，因此使用對象請小心，不要用到女人身上。

12月21日

押すな押すな／人潮擁擠。

1. 「水樹が優勝をしたとき、家周辺は押すな押すなでファンが民家の塀を押し倒す。」／水樹獲得優勝的時候，在家附近人潮擁擠的歌迷們把民家的圍牆給推倒了。
2. 「押すな押すなの大盛況です、ファンの皆さんが三木選手の応援をしています。」／人潮擁擠的大盛況，粉絲們正在對三木選手加油。

此句為形容人潮眾多並且混亂的情況，一般多用在節慶或者是有名人出現的場合。

12月22日

男(おとこ)は度胸(どきょう)、女(おんな)は愛嬌(あいきょう)／男要勇，女要嬌。

1. 「モテずに恋(こい)を実(み)らす方法(ほうほう)といえば、男(おとこ)は度胸(どきょう)、女(おんな)は愛嬌(あいきょう)ってね。」／說起不受歡迎卻成就戀愛的方法，就是男要勇，女要嬌喔。
2. 「男(おとこ)は度胸(どきょう)、女(おんな)は愛嬌(あいきょう)昔(むかし)からある言葉(ことば)ですが、現代(げんだい)に当(あ)てはめても確(たし)かになぁって思(おも)いますよね。」／男要勇，女要嬌雖然是以前的句子，不過我認為這句子就算用到現代也很恰當。

此句是指男性跟女性該表現出來的樣子。不過，男要勇，女要嬌這種想法，也是因人而異吧。

男(おとこ)は裸百貫(はだかひゃっかん)／白手起家。

1. 「男(おとこ)は裸百貫(はだかひゃっかん)、たとえ今(いま)は何(なに)もなくても、頑張(がんば)れば、いつか成功(せいこう)が来(く)る。」／白手起家，就算現在什麼都沒有，努力的話總有一天會成功的。
2. 「男(おとこ)は裸百貫(はだかひゃっかん)、王永慶(おうえいけい)がこの喩(たとえ)の好例(こうれい)である。」／王永慶正是白手起家的好例子。

此句形容男人就算身無分文，只要努力的話，也能成為百萬富翁之意，是激勵或勉勵用的詞語。

おとこ まつ おんな ふじ
男は松、女は藤／女人要靠男人。

1. 「男は松、女は藤の喩えがあるが、最近は逆か。」／雖說以前有女人要靠男人的說法，但現在似乎相反的樣子。
2. 「男は松、女は藤、女が喜ぶと書いて、嬉です。」／女人要靠男人，女人高興地寫下這句話，很開心。

此句在日本似乎是很正常的，形容女性要依靠男性的關係，並沒有特別的褒貶之意。不過，在形容其他國家的男女關係時，可能要稍微注意一下。

12月25日

おとこ あ
男を上げる／露臉。

1. 「男を上げるか下げるか、ここが分かれ道!」／要露臉還是丟臉，這裡是關鍵處。
2. 「英会話で男を上げる。」／靠英文會話露臉。

此句為形容靠某種行為贏得面子的意思，跟「男を下げる」是完全相反的意思。

12月26日

男を売る／男子氣概。

1. 「彼のやり方では、かなり男を売るじゃない？」／他的做法很有男子氣概不是嗎？
2. 「女の子なのに、男を売ってどうする？」／明明是女孩子，展現男子氣概要做什麼啊？
3. 「彼は被害者の救助にあたるなど、めざましい働きをして男を売った。」／他承擔了救助受害者等的工作，由於表現傑出而獲得好評。

此句用來形容對方的行事方式很有男子氣概。意思很明確，使用上應該不會有什麼大問題才是。

男を拵える／外遇。

1. 「最近、山田さんが男を拵える噂があるらしいよ。」／最近有山田小姐外遇的傳言的樣子。
2. 「正直言えよ、あんたは男を拵えているだろう。」／老實說吧，你在外面有了男人對吧。

此句用於女性有了情夫的情況，並不是什麼好句子，使用時要特別謹慎。

12月28日

男(おとこ)を下(さ)げる／丟臉。

1. 「本当今回(ほんとうこんかい)の件(けん)で田中(たなか)は男(おとこ)を下(さ)げたよ。」／因為這次的事件，田中丟了臉的樣子。
2. 「運動不足(うんどうぶそく)は男(おとこ)を下(さ)げる。」／運動不足真是丟臉。

此句的使用對象為男人，當做出身為男人不該做或不該有，而使其丟臉的事時，可用此句。跟「男(おとこ)を上(あ)げる」這句的意思正好相反。

12月29日

男(おとこ)を知(し)る／女性首次跟男性發生肉體關係。

1. 「結婚(けっこん)はまず初(はじ)めに男(おとこ)を知(し)ることから。」／結婚首先是從第一次發生肉體關係開始。
2. 「男(おとこ)を知(し)る、男(おとこ)の行動(こうどう)はどうも不可解(ふかかい)な部分(ぶぶん)があるよね。」／第一次跟男性發生肉體關係，才知道男人有著無法理解的行動呢。

此句的使用者限定為女性，如果是男性的話，應該用不到本句才是。

12月30日

男(おとこ)を磨(みが)く／鍛鍊男子氣概。

1. 「男(おとこ)を磨(みが)くために、頑張(がんば)らないと。」／為了鍛鍊男子氣概，必須要加油。
2. 「男(おとこ)を磨(みが)けば、彼女(かのじょ)も俺(おれ)のことを好(す)きになるではないか。」／鍛鍊男子氣概的話，她也會喜歡上我吧。

此句在使用時可以考慮多加變化，像是第二個例句中出現的假定形，可以籍此增加使用的範圍。

12月31日

鬼(おに)が出(で)るか蛇(へび)が出(で)るか／無法預測會發生什麼事。

1. 「鬼(おに)が出(で)るか蛇(へび)が出(で)るか、気(き)が進(すす)まないがとにかく彼(かれ)に頼(たの)んでみよう。」／沒有心情去管他會發生什麼事，總之先求他看看吧。
2. 「初(はじ)めて訪(おとず)れるので、鬼(おに)が出(で)るか蛇(へび)が出(で)るか分(わ)からないが、とりあえず行(い)ってくる。」／因為是初次造訪，所以不知道會發生什麼事，總之就去吧。

類似的說法有「鬼(おに)が出(で)るか仏(ほとけ)が出(で)るか」。此句應避免用於具有正面意義的句子當中。例如：「鬼(おに)が出(で)るか蛇(へび)が出(で)るか、この子(こ)の将来(しょうらい)が楽(たの)しみだ」就是錯誤的用法。

國家圖書館出版品預行編目資料

1天1日語慣用句／張蓉蓓　總策劃.
--初版.--臺北市：書泉，2012.07
面：　公分
ISBN 978-986-121-766-6（平裝）
1.日語　2.慣用語
803.135　　101009988

3A96

1天1日語慣用句

發行人— 楊榮川
總編輯— 王翠華
總策劃— 張蓉蓓
編輯小組— 陳俐安　鍾佩雯　呂岡錞　吳侑庭　鄭永順　張舒雲　林哲揚　李尚軒　鄭泓哲　何雅文　謝嘉文　市野信幸
出版者— 書泉出版社
地　址：106台北市大安區和平東路二段339號4樓
電　話：(02)2705-5066　傳　真：(02)2706-6100
網　址：http://www.wunan.com.tw
電子郵件：shuchuan@shuchuan.com.tw
劃撥帳號：01303853
戶　名：書泉出版社

台中市駐區辦公室/台中市中區中山路6號
電　話：(04)2223-0891　傳　真：(04)2223-3549
高雄市駐區辦公室/高雄市新興區中山一路290號
電　話：(07)2358-702　傳　真：(07)2350-236

總經銷：聯寶國際文化事業有限公司
電　話：(02)2695-4083
地　址：新北市汐止區康寧街169巷27號8樓

法律顧問　元貞聯合法律事務所　張澤平律師

出版日期　2012年7月初版一刷
定　價　新臺幣250元